目光

孔祥筛 著

天津出版传媒集团

天津人民出版社

图书在版编目（CIP）数据

目光 / 孔祥筛著. -- 天津：天津人民出版社，
2024. 7. -- ISBN 978-7-201-20606-6

Ⅰ. I267

中国国家版本馆 CIP 数据核字第 20247JP896 号

目光

MUGUANG

出　　版	天津人民出版社
出 版 人	刘锦泉
地　　址	天津市和平区西康路35号康岳大厦
邮政编码	300051
邮购电话	（022）23332469
电子信箱	reader@tjrmcbs.com

责任编辑	谢仁林
装帧设计	王　妮

制版印刷	长沙市井岗印刷厂
经　　销	新华书店
开　　本	710 毫米×1000 毫米　1/16
印　　张	19
字　　数	304千字
版次印次	2024年7月第1版　2024年7月第1次印刷
定　　价	69.00元

目录
CONTENTS

1

东临碣石观沧海

单位派我去北戴河参加全国政协培训班学习，心里很是高兴。在我的心目中，北戴河是个神秘而又美丽的地方。

一提起北戴河，我自然想起了东汉末年杰出的政治家曹操，北征乌桓得胜回师途中，在渤海之滨写下了气吞山河的千古绝唱——《观沧海》。此诗我不能全背，于是，早早地要女儿把这首诗抄录下来，让我随身携带，以备届时体会诗中那恢宏的意境。

北戴河位于河北省的东北部，它北靠燕山，南临渤海，是享有盛誉的避暑胜地。北戴河古代属燕赵之地，历史上这里曾演绎了许许多多神奇而又悲壮的故事。北戴河大海的波

涛依旧汹涌，秋风依旧萧瑟，却由于"换了人间"，内蕴着另一番情韵，迸发着别一种生机。"换了人间"的北戴河，如今是红瓦绿树、碧海蓝天，一幢幢别墅、一个个培训基地、一处处疗养院，星罗棋布、错落有致，它成了人们学习培训、休闲度假、旅游观光的胜地。

当然，北戴河最美的还是要数大海，大海的壮阔、大海的神秘、大海的波涛，无一不让你凝神沉思、神采飞扬；海浪、海风、海潮、海浴，无一不让你思绪万千、乐趣无穷。无怪乎，这里的人们用"观日出、看大海、听涛声、望海潮"来形容北戴河独特的地理优势，这一观、一看、一听、一望，足以让人们激情澎湃，乐不思蜀。

北戴河的天亮得特别早，凌晨4点多，天就大亮了。受大海的诱惑，我常来到海边的碧螺塔公园，领悟大海的神韵，体会大海的博大。举目远眺，茫茫的大海一望无际，波澜壮阔，海面上泛起一阵阵水雾，灰蒙蒙的，海天一色，分不清哪是海，哪是天。驻足海边的礁石上，习习的海风迎面扑来，使人感到特有的清凉，从头到脚特别舒畅。

清晨是大海退潮的时间，与傍晚相比，海水退去了二三米，它把丰富多彩的海洋生物留在岸边，海螺、海贝、海蟹、海白菜、海菊花等数不清的海洋生物布满了整个海滩。海岸边到处是拾海螺、海贝的人们，他们光着脚、弯着腰，敲敲打打、寻寻觅觅，在海岸线上构筑起一道美丽的风景线。人们时而为收获欢笑，时而为海蟹的"报复"而惊呼，与海水击打礁石的哗哗声，组合成一曲动人的乐章。

要是遇上大风天气，大海则变得最威武、最壮观，也最美丽。风逐浪高，浪乘风势，一浪高过一浪，一浪追赶一浪，前赴后继，勇往直前。海浪击打着岸边的礁石，溅起雪白的浪花，发出轰鸣的涛声，似万马奔腾，如千军呐喊。忘情的人们在金色的沙滩上追逐着时来时去的海浪，它时而扑打到你的脚边，使你避之不及，溅得你满身海水；时而又离你而去，使你追之不及，留下满脸遗憾。

大海也有风平浪静的时候，那要在晴朗无风的天气里。此时的大海显得特别平静，犹如沉睡的雄狮，又似温柔的少女，寂静无比，脉脉含情。海面在阳光的映照下，波光粼粼，耀眼迷人。此时，也是渔民出海捕鱼的最佳时机，一艘艘渔船穿梭在海面，与蓝天白云组合成一幅秀美的画卷。

有人说，北戴河的春天，是含蓄的诗，让人领略不尽；夏天，是欢腾的舞，姿态万千；秋天，是舒缓的情歌，深沉感人；冬天，是凝重的丹青，没有苍凉，只有苍劲。在北戴河的日日夜夜，我时刻都在梦想着大海，时刻都在凝望着大海，望着大海沉思，听着涛声入眠。临走的那晚，北戴河风雨交加，大海的涛声如雷鸣般，彻夜不停。毛主席诗词中描绘的"大雨落幽燕，白浪滔天"的壮观景象，又在北戴河再现。可惜我没有时间去欣赏，只有留下遗憾。

北戴河的美丽，使人感受到真正美好的生活。大海的壮阔，使人体会到真正博大的胸怀。到北戴河去拥抱绿色吧！到北戴河去拥抱大海吧！

目光

母亲那一刻的目光让我永远也忘不了。

我知道无论怎样，母亲都会出门送我的。清明节那天的雨下个不停，乡村的泥巴路滑得很，母亲的脚痛，我一再要求她不要出门相送。我刚跨出门，她就挪动着那极不便利的脚蹒跚地出来了。

车子停放的地方离家门口有一段路，还要爬一个坡。我陪母亲走得很慢，母亲重复着"好走""保重身体"之类的话。

"就别送啦！路滑得很。"母亲很听我的话，停了下来。

　　我往前走了一段，回头张望，母亲已移动了自己的位置，但我仍在她的视线范围之内。就在和母亲对视的一刹那，我看到了母亲那深情的目光，那满是皱纹的眼里含着晶莹的泪。顿时，我全身的血直往上涌，头晕乎乎的，脚步已有些沉重。母亲不停地挥着手，嘴里不停地"催促"着："快走呢，快走呢。"

　　我又走了一段，爬上了那个坡，准备上车，我估摸着此刻她该回家了。再次回头时，母亲又变换了位置，她选择了一块高地，伸长着脖子，仍痴痴地望着。我的泪不由自主地滑落，哽咽着对小侄子说："跟奶奶说再见。"他懒散地说了声"奶奶再见"，但这似乎不能完全表达我的心声。我赶紧钻进车内把泪拭干，怕母亲看见，也怕旁边的人看见。在车里我从后窗眺望，母亲孤独地站在雨中，仍痴痴地朝这个方向望着，我又一次控制不了自己，眼泪又来了。

　　母亲知道我每年的清明节都会回老家的，她盼了许久。知道我回来了，亲戚们都来请我吃饭。母亲说："去吧，人家来请是看得起我们。"从母亲的眼神里，我体会到了她的不舍和无奈。我婉拒了所有的人，要把这点宝贵的时间留给母亲。

　　母亲做了充分的准备，尽其所能地张罗了一桌子菜。

吃中饭的时候，她一直站在桌子边拉家常，说些兄弟姐妹的事，谈些村子里大大小小的奇闻。我用心地听着，并偶尔说些自己的见解，母亲为此感到非常满足，说我最理解她的心意。她不停地催促我多吃菜，并学着现在时髦的说法，这是"土鸡蛋"，这是"吃潲猪"的肉，这是"野生鱼"等等。我明白此刻我要做的就是静心听她说话，多吃她炒的菜。我拼命地吃着，并不时地夸赞，此刻母亲露出了舒心的笑容，那神态就像儿时的我得到她的夸奖一般。

我14岁外出求学，离开家乡已近30年，和母亲是时聚时分，每次相聚母亲那期望而深情的目光都会一次次地感染和激励我。自从父亲走后，家里就只有母亲一人，她常说"儿女长大各自飞"，听了让人揪心。母亲居住的两间老屋已很是破旧，但它却是逢年过节最能集聚兄弟姐妹的地方，我每次回家都要四处看看，似乎要寻找什么，又似乎什么也不寻找，我知道这儿留下了我许多儿时的梦想和记忆。母亲已近耄耋之年，她的日常生活和身体健康成了我最大的牵挂，我也曾把母亲接到城里来居住，但她总是说和城里人言语不通，又成天无事可做，很不习惯。我知道她是舍不得这个家，舍不得相处了一辈子的乡亲们。好在妹妹的孩子要就近读书，会搬来与母亲同住，这让我心里安定了许多。

　　近些年，随着年龄的增长，我愈发体会到母亲的不易，对母亲的感情也愈发浓厚，母亲也愈发依恋自己的儿女。由于路途遥远，我无法经常回老家，平常只有靠电话与母亲联系，每次母亲接到电话都会非常欣喜，她惦记的仍然是我和我的孩子，"保重身体""好好工作""好好学习"之类的话说个不停。有一年五月，我外出去四川开会，有些日子没有打电话给她。乡亲们告诉我，那段时间母亲天天守在电话机旁，她从电视里听说四川发生地震，更是寝食不安，时常一个人嘴里不停地叨念。听到这些，我的眼睛模糊了，模糊中似乎又一次看到母亲那期盼而又深情的目光。

父亲

　　父亲离开我已经 5 年了，我常为自己未能尽孝而感到愧疚。随着时间的推移，我对父亲的思念之情愈发浓厚，总想弄出一些文字来，以寄托自己的哀思。

　　父亲是个种田人，种了一辈子的田，他去世前几天，仍然在田地里劳作。

　　父亲的忠厚是村子里出了名的。集体生产时，父亲就是个主劳力，总是挑生产队的重担，他从不占公家一分钱便宜。听母亲说，父亲年轻时就非常忠厚。新中国成立前，他在湖南长沙做银匠学徒，村子里一起去了几个人，但都由于手脚不干净，先后都被退了回来。唯独父亲踏实可靠，非常讨师傅喜欢，师傅把他留在身边当亲儿子看待，战乱时还把一箱金银托父亲保管，但父亲丝毫未取，深得师傅信任。后来村子里好多人家娶媳嫁女都能拿出一些金银来为儿女们办婚事，而我们从没有这些。

分田到户的时候，我刚好考上婺源茶校。记得那是1979年，由于三个姐姐都出嫁了，哥哥又是残疾，很自然家里的一切重担都落在父亲的身上。父亲没日没夜地干活，期望禾苗长得好一些，收的谷子多一些，乡亲们看着我们家的庄稼长得好，不免要夸奖几句，这时父亲总会露出欣慰的笑容。在婺源茶校读书时，每年暑假我都要回家帮忙，由于年龄小，又没得到锻炼，干起农活来显得很吃力，挑担子时压得腰弯背驼、大汗淋漓。这时父亲总会要我休息一下，又是端水又是拿毛巾帮我擦汗，其情其景我至今难以忘怀。分田到户彻底改变了家里的状况，吃穿问题不用愁了，父亲常说："吃点苦不要紧，只要做得家里什么都有就放心了。"

父亲爱儿女胜过爱自己，尤其对我。乡亲们常对他说："筛子是你的掌上明珠、心肝宝贝。"记得小时候，家里非常穷，没什么可卖的，只有卖自家口粮碾米的糠，当时的家乡没有集市，要到20千米以外的独城赶集。每逢集市，天还没亮，父亲就挑着糠，手牵着我往集市上赶。父亲把卖糠的钱换回家里的一些生活必需品，而每次父亲总忘不了给我买个馒头或买根油条，自己却一分钱不花，口渴了到路边的人家讨口水或到水塘里掬口水喝。回来的路上，我走不动了，就坐在装糠的箩筐里由父亲挑我回家。

我也挨过父亲的打。印象最深的一次是读初中二年级的时候，由于贪玩，没有考好，老师前来"告状"。父亲一听来了火打了我，并请来有文化的大姐夫给我讲道理，要我表态认错。父亲常说："我们是穷苦人家的孩子，要靠自己努力，要争气。"父亲文化水平不高，但"争气"二字是父亲说得最多的，它伴随着我读中学、读大学直至今天。

随着年龄的增长，父亲对我的感情越来越深。每次我回家，他就像接待贵客一样，又是杀鸡又是买肉，睡觉的时候总要给我盖好被子，拍了又拍，看了又看，唯恐我受寒。此时此刻，我愈加感受到亲情的温暖，体会到"舐犊情深"的深刻含义。

父亲的宠爱并未使我养成娇生惯养的习惯，父亲的勤劳和艰辛始终留在我的记忆里。乡亲们常对父亲说："你的后人很争气、有孝心。"每当这时，父亲的兴奋之情总是溢于言表，他常给乡亲们讲我的故事，诸如去过北京、坐过飞机等等，并以此为豪。我每次回家，兄弟姐妹总会说我怎么在城里生活还长得又黑又瘦，唯独父亲理解我，说我担子重，牵挂的事情多。父亲常对我说："一家人就盼你读好书将来有点出息，我吃苦也是为了儿女个个长大成人。"父亲的话时常激励着我，在学校时我努力读书，成绩总是名列前茅，恢复高考以后，我是村子里第一个中榜的。参加工作以后，我更是努力工作，希望以此来报答父母的养育之恩。随着年龄的增长，我渐渐明白，外面的世界很精彩，外面的世界也很无奈，我虽有良好的愿望，但时至今日，仍一事无成，除了自己养家糊口之外，没有更多的力量赡养和报答我的父母，为此我时常感到内疚。

父亲是千千万万农民中的一员，从他的身上我体会到了中国农民的勤劳和艰辛，看到了时代的变迁。父亲是平凡的，但对我来说，他的平凡影响了我，教育了我，启迪了我。从他点滴平凡的事迹中，我悟出了许多道理，正因如此，我对中国农民的感情特别深，也更富于同情心。

家乡有棵老檀树

  家乡有棵老檀树，就在村子的左侧，因为旧时那里有一个祠堂，乡亲们把那个地方叫"祠堂里"。"祠堂里"这个名字从儿时听到今天，已深深地印在我的脑海里，老檀树也从儿时看到现在，更深深地扎根于我的心里。

  尽管家乡有很多值得我回忆和留恋的地方，但祠堂里的老檀树却最值得我回忆和留恋。然而，更勾起我对老檀树钟爱和牵挂的却是源于这次回家挂冬（即祭祖）。

  平常，家人总是邀我回去，由于种种原因一直未能成行，然而挂冬是必须回去的，且这次提前了几天。斗转星移、光阴似箭，算起来我离开家乡已有24个年头了，其间发生了多少变化，谁也无法说清，但家乡的山山水水、一草一木至今记忆犹新，多了的、不认识的是村子里的一群娃娃，就像当初的我——天真而活泼。

好多年没有在家住了，这是生我养我的地方，一切都是那么熟悉，一切又是那么让人难以忘怀。晚上，我坐在火盆边，听母亲谈论家事，说一些家乡的变化和奇闻趣事，什么"东家娶媳""西家嫁女"等等。望着母亲花白的头发，看着那张饱经风霜的脸，我渐渐地意识到作为中年人的我肩上的担子越来越重了。

清晨，雨中的乡村云缠雾绕，宁静无比，没有了城市的喧嚣，听到的只是鸟唱、鸡鸣、狗吠、猪嚷，偶尔也传来孩子们的哭闹声和大人们的训斥声，多么美妙动人的"交响乐"。看着家乡的山山水水，想着孩时的一幕一幕，我顿时思绪翻滚，浮想联翩。

"后山那两棵百年的老松树呢？"

那可是我们儿时看电影的地方，《地道战》《地雷战》《平原游击队》，我们可是第一次从这里看到的呀！哦，原来是前些年村民们建房将它们砍伐了。

还有那棵数百年的苦槠树、珍贵无比的皂角树，那可是我们儿时嬉戏，掏鸟窝、捉知了的地方，如今也难觅踪影了。听闻近期又有一棵百年樟树遭到砍伐，我多少有些伤感和惋惜。

我对路遇的村主任说，这些树是祖辈们留给我们的遗产，要倍加珍惜和保护，现在各地都在讲环境保护，我们也要保护好自己的生存环境。村主任似乎也有同感，但又表现出无可奈何。他说："毕竟是在农村呀！有农村的现实，农民的环保意识并没有那么强烈。比如这棵古樟树，就是一位村民听了所谓'地仙'的邪说，认为树挡住了他家的风水，于是就将它砍掉了。"

我开始关心起那棵老檀树的命运来，我对村主任说："那可是一棵千年古树，是村子的象征，要千方百计保护好。"村主任笑笑，不置可否。谁知将来它会遭受什么样的命运呢？

我迈着小步，渐渐地靠近老檀树，抬头仰望，它苍劲挺拔、高耸入云。几十年了，除了它的身躯粗壮、高大了许多，它的形貌依然如故。树上布满了鸟巢，鸟儿在树上快乐地鸣叫；树干上长满了青苔，各种各样的小树藤依偎着它左缠右绕直往上爬；蚂蚁等各色各样的小生灵在它的身上来回奔走，它们和平共存、相互依存，多么丰富多彩的生物世界！我想，这就是自然界所谓的"生态系统"吧。少了老檀树，鸟儿将无家可归，小树藤及各种小生灵也将无处可依啦。同样，缺乏它们，老檀树也会感到孤独和寂寞的。

我抚摸着老檀树的身躯，深情地低语：你见证了多少历史？经历了多少风霜？从你高大的身躯里，从你饱经风霜的树干上，我完全体会到你是岁月的老人，是历史的见证者。家乡的繁荣昌盛，乡亲们的喜怒哀乐，你最清楚、最明白。从旧社会到新社会，从人民公社到分田到户，你目睹了时代的变迁，村子的变化。有艰难辛酸的历史，有热火朝天的场面，有幼稚可笑的做法，更有令人兴奋的发展变化。你是家乡人祖祖辈辈劳作之余休息纳凉的好去处，也是集体生产队时期，乡亲们开会、闲聊的好场所。记得孩提时代，乡亲们常聚集在你的身旁，说说东家的儿子，谈谈西家的媳妇，幻想着幸福的生活和美好的未来。祖辈们幻想并为之奋斗的"楼上楼下、电灯电话，耕田不用牛、点灯不用油"，如今已不是什么神话，乡亲们大多住上了新房，用上了电话，就连那个时代从未梦想过的手机也有人用上了，摩托车更比比皆是，看到今天乡村的变化和乡亲们的幸福生活，你该会露出灿烂的笑容吧。

但愿老檀树继续给我的乡亲们带来福荫，继续成为各种小生灵依偎的力量。

放生

　　我把它放了，放到一个山清水秀、远离城市的地方。因为我不忍心伤害它，又无法供养它，从哪里来，再让它到哪里去吧。忽然间，我甚至有一点牵挂它了：它能适应新环境吗？会再次被人捉走吗？能自然地生长下去吗？我想它一定能，祝它好运。

　　还是半个月前，在去南昌的路上，有人向我兜售两只乌龟，我想现在这种动物很少见，于是就买了下来，一只送人，一只我留了下来。当时的卖主就戏说是不是放生，我不置可否，当时的确是没有这个念头的。人们都说它是吉祥物，是健康长寿的象征，我对它还是有些好感的。买回家后，放在家里已有半月有余了，它不吃不喝，让人担心，它的生死存亡、放养去留成了我的一块心病。几次想把它放掉，又找不到合适的地方和时机。今天，我终于将它放生到一个水库里，让它回归了大自然母亲的怀抱。

这个水库今天格外宁静，青山掩映下的湖水显得格外的清澈，尽管水库的水少了不少，但仍不失为放生的好地方。在这空旷的地方就我一人，这是一个好时机，我把它从塑料袋里取出，解去其身上的枷锁，放在地上。它伸出了头，东张西望，似乎不相信这是事实，又似乎从此轻松解脱了，继而它又伸出了脚在地上慢慢地爬行，它走走停停，似乎依依不舍，又似乎恐我再次抓住它。待终于爬入水中，它把头伸入水里猛吸了几口水，又探出头来四处张望，然后慢慢向深水区游去，渐渐地从我的视线里消失了。不一会儿，它又浮出水面，用它那饱含灵气的眼睛张望着我，似乎是想说再见，又似乎是在感激我的放养之恩，使我产生了爱怜之心，又担心起它的未来，在我的催促下，它终于再次潜入了水中。

它终于消失了，消失在茫茫的水域之中，消失在广袤的大自然里，我的心情此时也舒畅了许多。

三姐

　　三姐走了，是因为一场意外的交通事故。三姐的走给全家人带来了无限的伤痛，母亲几次晕了过去，姐夫更是悲痛欲绝。

　　三姐今年48岁，正值壮年，是一个乡村的普通农妇。

　　想为三姐写点东西的想法已经很久了，但真正促使我动笔写的，还是为三姐办理丧事的那天，家乡一位中学老师说的话："玉莲这人真伟大！"

　　难道普通农妇也伟大吗？这只要身临其境，感受现场氛围，耳闻目睹乡亲们的赞誉，你就会从内心深处感受到她的勤劳朴实、善良贤惠，以及她那待人以诚、宽广温暖的胸怀。

　　三姐嫁到这个村已有20多年了。乡亲们说，她从未与人"红过脸"。"全乡我不晓得，全村是找不到第二个。""她从不与人争吵，大人、小孩都交得。"村里一位年逾八旬的老人充满感情地说。姐夫是乡村小学的教师，常年往返于家里、学校之间，三姐承担了家里十多亩田的大部分劳动，常常是没日没夜地干活。乡亲们称赞之余，大多是敬佩。农村婆媳关系最难处理，而她却是婆婆最贴心的人，逢年过节，平常家里有什么好吃的，她从不会忘记给婆婆送上一份。甚至于婆婆他们母子间、母女间有什么矛盾，也是她出来调停。"她这么大年纪，你们就不能让着她点？"是三姐说得最多的一句话。她的做法赢得了长辈叔叔、婶婶们乃至全村人的赞誉，也赢得了小叔子、小姑子们的好感，小姑子们平常回娘家无一不是在她家吃住。小姑子们在哀痛中哭诉说："这个家怎么办？这么多事谁来做？有了矛盾谁来调和？"

　　"三姑姑对谁都好！"9岁的小侄子无意中的一句话勾起了我对许多往事的回忆。那还是1996年，出生才7天的小侄子，由于没人照料，送到了三姐家，她悉心照料，直至小侄子半岁多，毫无怨言。"姐姐帮助弟弟还有什么好说的！"是她常挂在嘴边的一句话。小叔子、小姑子外出务工，他们的小孩生活、读书无人照料，又是她承担了这一切，在忙碌的农活中，起早贪黑为孩子们洗衣做饭。她常到孩子们就读的中学送米、送菜，学校的老师至今还误以为她就是孩子们的母亲。

村里一位小伙子外出务工认识了一个外地姑娘，姑娘的父母一定要到小伙子家看个究竟。由于小伙子父母残疾，家徒四壁，破烂不堪。小伙子担心这会影响他的婚姻，于是委托三姐接待，谎称三姐就是他的母亲。姑娘的父母在村里住了几天，连小伙子家的门都未进，三姐的真诚和周到热情的接待赢得了姑娘父母的好感，从而成就了这段美好的姻缘，小伙子千恩万谢，称赞三姐是他的再生父母。

我也是受过三姐许多好的，母亲说了许多我们小时候的事，比如如何照看我们，帮我们洗衣做饭，我已记不清了。长大以后，尤其是外出工作以后，我对三姐的好则深有体会。每年的清明、冬至我是必定要回家去的，此前，三姐总会看好日历，提前来电，做好充分准备。"还好吗？怎么又长瘦了？要注意身体！"见面的问候，即刻会让我感到全身心的温暖。返程的时候，三姐总是让我带一些家乡的农副产品，比如油、花生等等，甚至有时连冬瓜、南瓜之类的蔬菜她也让我带。有几次因为下雨，村里的路不好走，车进不去，她就肩挑走很长的路送来。她总是说："城里买这些要花钱，这些是我自己种的，不花钱。"车子装不下了，她还要往里塞。我常为这一场景而落泪。这哪里装的是东西呀！分明装的是三姐一颗勤劳和善良的心！

为三姐办理丧事的几天里，尽管农村是"双抢"季节，但来的人络绎不绝，人们无不怀着一种夸赞的语气，一种伤痛的心情，几乎来一个哭一个，我多次为这一场面落泪。在一旁写挽联的家乡一位中学老师则深有感触地说："玉莲这人真伟大！"

丧事在忙乱中进行，姐夫由于过分悲痛已不能理事，外甥少不更事。乡亲们主动帮助操劳，上下左右，里里外外，乡亲们甚至自己垫钱办事，有些在外地务工的人也是千里迢迢赶回家，加入这"劳动"的行列，这就是人心，关键时刻得以体现。

按农村的习俗，未满60岁的人是不能进祖坟山的。但村里的长辈们破例一致同意，坚决让她上山，并亲自为其选址。葬礼非常隆重，乡亲们自觉地为她送行，全村家家户户，在那草坪上燃放鞭炮，足有20多分钟，齐鸣的鞭炮声，使天地为之动容。现场哭声震天，很多人在她的灵柩前下跪，大的小的，甚至一些年纪很大的人，也忘不了为她作个揖，以表达对这位女性的尊敬之情。

三姐要去了，永远、永远。她将自己的肉体融入大自然，精神永留人间，乡亲们的口碑将永远传颂。

数小时后，三个月从未下过雨的天，突然间下起了暴雨，雨势相当大。乡亲们说，下葬之后的雷鸣电闪及暴雨，说明老天爷为之动容，也哭泣了。

去三爪仑漂流

靖安三爪仑的漂流早有耳闻，我怀着浓厚的兴趣参加了这次由单位组织的活动。一路上，大家有说有笑，幻想着漂流的滋味，议论着漂流的话题。

沿着崎岖的山路，沐浴着清晨的曙光，我们走进了三爪仑美丽而又神奇的世界。清晨的三爪仑云雾蒙蒙，绿色满目，静静的山音，萧瑟的风声，潺潺的流水声，再加上清晰可辨的人语，组合成一曲悠扬的旋律，令人如痴如醉，浮想联翩。

山路边树上的一只鸟"咕咕、咕咕"地叫个不停，叫声特别悦耳。我停止脚步，站在树下学起了它的鸣叫，奇怪的是它不仅没有飞走，也没有停止鸣叫，而是愈叫愈欢，愈叫愈动听，似乎是怕我学得不准确，而一遍遍地教我。难道三爪仑的鸟也通人性？或是这里的生态环境保护得好，觉得人类可亲近。

满山的翠竹，形成了一片竹的海洋，使得这里遮云蔽日，抬头望不到天。我沿着山路一直往前走，总想走到尽头，找一个开阔的地方看看三爪仑的全景，可是愈走愈远，愈走愈深，只好作罢。"要望远就必须登高，要登高就必须付出艰辛。"不是我们这样悠闲地散着步所能做到的。

三爪仑的竹子笔直而挺拔，高耸入云，为了淋浴阳光雨露，大家你不让我，我不让你，拼命往上拥，都想争夺最佳位置。看那些落伍的竹木，身子如此娇小，弱不禁风，这就是竞争中的失败者，只能品尝高大者余漏的阳光。物竞天择，适者生存的自然规律在这里得以充分体现。听说是枯水季节，漂流无法进行，大家非常失望。早餐过后，汽车原路返回。就这么回去啦？就在大家满腹疑团失望之余，又传来新的信息：大山洞峡谷可以漂流。

汽车一路颠簸爬行，终于到达漂流的上游。果然是波涛汹涌，激流险滩。望着这滔滔的河水，大家兴趣大增，跃跃欲试，都想即刻下水与之搏斗。激情和精神是可贵的，但20多条船下水之后，很多人惊慌失措，由于方法不当或经验不足，游船竟在原地转圈圈。有人开始了比赛，拼命地往前划，但尽管你使了很大的力气，游船就是不听你使唤。号称最身强力壮的两个同伴最先下水，竟然落伍了，还翻了船，成了落汤鸡，原来划船也有很深的学问。

看，前面那柔弱的女子。在一个"好汉"的带领下，竟能顺利通过险滩，既快又稳，好像还没花什么力气。

"我们两个自称'好汉'的人，为何却落伍了？"我对同船的伙伴说。原来也是没有掌握技巧，力气虽大，但作用力与反作用力抵消了。我们重新调整节奏，喊起了"一、二"，终于有了转机，游船开始快速向前推进。

"前面有激流险滩。"我的同伴惊叫。但任凭我们力气多大，还是难逃"厄运"。我们始终无法抗拒激流的冲击，游船在激流中颠簸、旋转，溅起一阵阵水花，衣服和鞋子全湿透了。

又是一个险滩，这次我们有经验了。既不惊慌，也不用力。"任凭风浪起，稳坐钓鱼船。"随波逐流，竟然非常顺利和平稳。如此说来，有时在强大的力量面前，保持冷静，坚守阵地，顺其自然，也能化险为夷。

光顾了划船，竟然忘记了欣赏两边的风景，抬头仰望，峡谷两边茂密的森林郁郁葱葱，生机勃勃，各种各样的树木，各色各样的树叶，组合成一幅美丽的画卷，原来我们在如此美丽的林海中漂流。此情此景让我想起了唐人李白的一首诗"朝辞白帝彩云间，千里江陵一日还。两岸猿声啼不住，轻舟已过万重山。"猿声是没听到，鸟声倒是非常悦耳。我们一边说笑，一边欣赏，悠闲自得。同伴说，如此才算真正的漂流。

经过艰难的跋涉，同伴们陆续抵达终点，尽管一个个衣服湿了，鞋子进了水，但大家脸上还是洋溢着灿烂的笑容，显然，大家还沉浸在漂流的快乐之中。大家你一言我一语地畅谈起漂流的感受。"为什么我们的船总是在水中转圈圈？"最后抵达终点的一位同伴说。

"那是因为你们没有掌好舵，齐心而不协力。"一个同伴经验十足地说。

我说："正是因为有了转圈圈的艰难，才让你体会到了漂流的滋味，才让你至今回味无穷。"

武功山游记

　　武功山位于江西省中西部，海拔1918.3米，号称江南名山，自古为"大江西南三巨镇"，是道家"三十六洞天"之一，也是江西省境内海拔最高的山。

　　到达武功山脚下，发现这一江南名山，山门建得并不漂亮，甚至有些狭小。山门外挂起了一条横幅：不到长城非好汉，不登武功真遗憾。看来是以此激发人们的登山兴趣。

　　登山的路上，不时看到修路的民工，有凿石铺路的，有肩挑背扛石头的，我向他们投以敬意的目光，并急忙为他们让路。在我的心目中，他们是真正的英雄，是真正的劳动者。

　　当时大路尚未完全修通，在当地民工的指点下，我们转入了山中的小道，由于速度的差异，前边只有我和小潘。山路陡峭如壁，愈走愈陡，愈走愈难行，从而使我产生了走错路的疑惑。同行的小潘说，开弓没有回头箭，我们只能继续坚持走下去。

　　在火洞歇脚时，后续部队陆续汇集，使我们俩不知在哪里汇合就餐的疑虑顿时消除了，看来人的从众心理还是很重的。攀登还得继续，看得出很多人面带难色，领队鼓励大家不怕困难，勇于攀登，登山是对一个人身体和毅力的检验。

一路上，奇异而苍劲的迎客松吸引了大家的注意力。特殊的地理环境、生存条件和气候影响，造就了许许多多千姿百态、栩栩如生的迎客松：似伞、似昂首的雄鸡、似钢铁卫士……

"看，这两棵相依为命的迎客松，为什么相互靠近的一面没长松枝，松枝完全在外面的一边生长呢？"领队问大家。

"这是因为相互靠近的一边它们相互竞争，没有空间，不得不向外发展。"领队解释道。

"再看，大多数迎客松没有顶端生长优势，而朝横向发展，整个树顶平如水面可以睡人，这是山高风急的原因。"

"你们看那棵，松枝盘根错节，相互扭在一起，竟长出如此妙不可言的形状。"其中的一位同行者惊喜地发现。

"也许是风力的原因，松枝幼小时，风力把它们扭在了一起，而又无外力把它们分开，随着岁月的推移，松枝渐渐长粗长大，也就成了今天这个形状。"我的这个分析，让大家产生了无尽的遐想。

随着分析和研究的进一步深入，我们看向路边的另一些小松树，却发现它们没有任何造型可言。也许它们长大"出头露面"以后，也要接受大自然风和雨的考验，使它们在各种各样的环境里长成各种各样的形状。愈是环境复杂，愈是考验，愈能塑造出美妙而别具一格的"形状"，愈是被人们所赞美。由此而推及人类，人生的成长不也与此相通吗？

在中庵用过中饭，攀登还要继续，路越来越陡。午时的武功山，骄阳似火，热浪滚滚，我们一行30人中只剩9人在艰难中爬行。有人既想登山，又想看世界杯"英巴大战"，还想在山顶看，"鱼与熊掌不可兼得"，已经是下午2点多了，一会儿还要下山，时间不允许，看来只有留下遗憾了。据说，武功山的一大特色，是山顶全是30多厘米高的茅草，既无灌木也无乔木，即使有也是孤零零的一二棵，那是非常有生命力的。领队说，那是因为海拔高、风大，使乔木和灌木无法生长的缘故。如此说来，任何事情的出现，任何现象的形成，都有它的偶然性，更有它的必然性。

终于到达了山顶，看到了一望无垠而又平整的草甸，它使整个山顶披上了绚丽的绿装，真是美不胜收。这时，有人说它像塞外风光，似大海的波涛；有人说"江山如此多娇"，我补充了一句"引9位英雄竞折腰"。

"会当凌绝顶，一览众山小。"站在海拔近2000米的高

处，举目眺望，山下美景尽收眼底：错落有致的村庄，川流不息的河流，蜿蜒盘行的公路，像玉带，像爬行的蛇……怎么形容都不过分。只有登高才能望远，才能欣赏到最美的风光；只有站在一定高度，才能看清一切。登山如此，生活何不是如此呢？

山顶的标志性物件是一块石碑，正面写着"世纪之碑"，背面写着"金顶"二字。当地一位朋友介绍说，武功山开春之际，百花盛开，映山红把整个山野染红；春夏之时绿色遍野；秋天则是金黄色的一片；到了冬天，皑皑白雪覆盖整个山顶，呈现出白茫茫的景象，清晨在太阳的照射下，则红白相间，真正体现出红装素裹的美景。站在碑前，我们左看右看，远看近看，流连忘返，尽情享受大自然的赏赐。

北湖秋夜

"天上秋期近，人间月影清。"又是一年一度的中秋佳节，秋高气爽而又宜人的天气，给人们带来一丝快慰。

据报道，今年的中秋，地球刚好在月球与太阳的中间，最宜于人们赏月。傍晚时分，我邀上一好友，来到了北湖公园。

公园内人头攒动、热闹非凡，他们或席地而坐，或悠闲散步，或放声高歌，或高谈阔论，或窃窃私语。溜冰场里人声鼎沸，少男少女们婀娜多姿的身影令你眼花缭乱，朝气蓬勃的英姿在他们身上得以充分展现。还有卖(租)草席的、提着篮子卖水和小吃的，真是有人流就有市场。

再往深处走，中秋夜的北湖夜色蒙蒙、垂柳依依。平静而又明亮的湖面，像在倾听着人们的欢声笑语。听湖楼及周围高楼大厦璀璨的灯光映照在水面上，似海市蜃楼，似琼楼玉宇。

而月亮始终不肯出来，是羡慕人间的美景而羞于露面吗？我们还等着"吴刚捧出桂花酒"呢！9点左右，羞羞答答的月亮终于从乌云中钻出，似是款款而出的佳人。顿时，万里长空亮如白昼，整个北湖像一个大型舞台，被照得通亮，人与自然的各种"舞姿"，交相辉映、楚楚动人。

月光像水一般，静静地泻在北湖的山山水水中。山间丛生的松树，在月光的映照下，落下参差斑驳的黑影。倒是湖边依依杨柳的倩影，依稀可辨。这时，最热闹的要数湖边的情侣们，他们或甜言蜜语，或相依相偎，似乎是月下老人抛下的红绳把他们越系越紧，越系越亲。蛐蛐及许许多多不知名的虫儿的鸣叫声，也凑起了热闹，在这寂静的夜晚，似悠扬的名曲，歌唱纯洁的爱情，歌唱这美丽的夜色。

神牛洞

该怎样来描绘神牛洞的神奇和美丽呢？

尽管我欣赏它的时间很短，也没有深入其中，但我仍觉得还是有话要讲。它是我渝铃大地的胜景，大自然的杰作，山与水交相辉映的奇观。

洞村有个神牛洞，以前从未听说过，近日政协到该乡调研，得知乡党委、政府审时度势，因地制宜，充分利用本地资源优势，引进浙江客商拟投资3000万元开发神牛洞旅游项目。如此一个大项目，自然引起了调研组的重视，一定要去看个究竟。从洞村乡政府到神牛洞约有4千米的路程，道路坑坑洼洼、崎岖难行，这使调研组的人产生了怀疑，如此的偏僻、如此的路有人来旅游吗？"无限风光在险峰"嘛！或许愈是偏僻，愈有美丽的景致。

当下正值春意盎然的时节，群山环抱的神牛洞前鸟语花香、流水潺潺。那水是从神牛洞中流出来的，清澈透明，哗哗不停。田野里的油菜花，漫山遍野的杜鹃花和各色各样不知名的野花，红的、白的、黄的，争奇斗艳、绚丽夺目，微风吹来，阵阵清香随风扑鼻，这香不浓不淡，清新鲜爽，那感觉真无法形容，只觉得沁人心脾，人舒畅了许多。洞前的桃花已到凋谢时节，在微风的吹拂下，树上那残留的花瓣随风飘落在流淌不息的溪水里，颇有些诗情画意，想必"无可奈何花落去"就是由此情此景而生吧！自由的鸟儿在树边围着人群飞来跳去，叽叽喳喳叫个不停，是不满这陌生人马的侵扰？还是在致欢迎词？抑或这自由的世界给了它们欢乐的舞台？或许都是，或许都不是。田野里的耕牛在欢快地啃着青草，汽车的喇叭声似乎惊扰了它们，一头头愣在原地，驻足观望，竖耳倾听，好像一切都是那么陌生，那么好奇。莫不这就是神牛吧？这也没错，正是这个神牛，维系了一方百姓的生产生活，它可是农民的命根子，是农民增产增收的保障，你能说它不神吗？

再没有人表示怀疑了，大家一个个嘴巴张得开开的，眼睛睁得大大的，"哇！真是个好地方。"大家积极地建言献策，"一定要把环境保护摆在首位，保护好这里的植被和水资源。""可以动员附近村民搞家庭旅馆。"一位长者以他独到的眼光建议道，将来这里的游客进来，可以不用坐汽车，而改乘牛车，既与"神牛洞"的创意相吻合，又可让享受惯了现代文明的人们返璞归真，回归自然，还可减少对环境的污染。这个建议得到了一致认可，大家充分展开想象的翅膀，幻想将来游览神牛洞那一幅美丽的图画和无穷的乐趣。

尚未开发的神牛洞，充满着神秘的色彩，她就像深闺中的少女，等待人们去撩开她神奇的面纱。洞内道路难行，一团漆黑，我们不敢贸然进去。据说，神牛洞足有6千米长，可以直通山的那一头，洞内足有两个足球场大。洞内横卧着一头硕大的石牛，昂首翘望，栩栩如生，要是在灯光的映照下，整个牛身会闪闪发光，当地人因此称它为"神牛"。足有100多平方米的大洞口，竖立着一块巨石犹如洞中的守护神，威武雄壮、气势凛然。在神牛洞前，抬头仰望，倒挂着的钟乳石千姿百态、出神入化。人们完全可以按照自己的想象，赋予它丰富多彩的名称，仿佛你想什么，眼前就会出现什么；也可以说，眼前出现什么，你就能想到什么。我不禁惊叹这大自然的杰作和千百年风雨的精雕细琢！

洞前有一座庙宇，建于民国时期，当地人称之为槐荫庙。传说是由于洞中的神牛常出没于田间地头，糟蹋庄稼，人们为防止它的出没而建此庙。虽然这庙宇有些败落，但令人称奇的是，整个庙内没有蜘蛛网，没有蚊子和苍蝇，也从没有老鼠出没。是什么使得这里如此神奇呢？有人说是庙宇选址的原因，也有人说是建庙时在地下埋下了什么，但都没有根据，神秘才是它真正的原因。

乡里负责人告诉我们，将来神牛洞旅游还准备搞漂流项目。小溪从神牛洞顺流而下，途中还有一个葫芦洞，洞口较小，但洞内却很大，就像弥勒佛的肚子，将来还可在洞中漂流，总行程达4千米。"洞中漂流"，多么新奇的字眼，我们热切希望洞村乡的这一决策能够成为现实，也衷心祝愿这里的旅游开发能为当地农民增收带来一缕福音。

回来的路上，我余味犹甘，搜肠刮肚地想着，用什么来形容和描绘神牛洞的神奇和美丽呢？或许任何优美的词汇在它面前都会显得苍白无力。然而，山峰秀、溪水清、岩洞奇、石头美则是它真实的写照。

云南散记

云南之行，留给我许多美好的记忆，那圣洁而又优美的自然风光，多民族丰富多彩的传统文化，以及当地发展旅游业的许多经验和做法，让我回味无穷，也生出了许多的启迪。

滇　池

昆明，是云贵高原一座美丽的城市，它最具特色的一是气候，二是鲜花，三是滇池。由于这里气候温暖，四季如春，因而赢得了"春城"的美名。走进昆明，你即刻会感觉到，这里是花的世界、花的海洋。得天独厚的气候，为各种花木的生长提供了良好的条件，大街小巷、公园庭院到处是盛开的鲜花。昆明鲜花市场则更是令人目不暇接，品种繁多、形态各异、色彩丰富的鲜花争奇斗艳，绚丽夺目。

滇池位于昆明市西南，是个烟波浩渺、风姿秀逸的高原湖泊。湖面南北长40千米，东西平均宽7千米，湖水平均深度5米，湖岸线长150千米，面积约300平方千米，在云南众多湖泊中，它的面积最大，在全国内陆湖泊中居第6位。它既有大海的气势，又有湖泊的秀姿，被人们誉为云贵高原的一颗明珠。对于它的秀美，我神往已久。在友人的带领下，我们驱车向滇池进发，一路上大家都在想象它的丰姿。可是未见滇池，却有一股难闻刺鼻的臭气向我们袭来，友人告诉我们，这是滇池的臭气。早就闻听滇池被污染了，难道真的是这么严重了吗？待到滇池旁，车窗已是无法开启，从湖水中散发出的臭气令人作呕，但见湖面布满了一层墨绿色的藻类，水体浑浊不堪，昔日风光秀丽、游人如织的滇池如今已是寂静无比，游人已不见踪迹。我的内心感到伤痛，不知道附近的居民在这样的环境中如何生存。滇池的污染主要是由于附近工业生产造成的，受滇池污染的影响，有条件的居民已经往外迁徙，前几年滇池附近开发的许多楼房和别墅也是门庭冷落，无人问津。

据说，为治理滇池，政府先后投入了40多亿元人民币，但收效甚微。这给了我们一个深刻的启示，经济发展决不能以牺牲环境为代价，否则，将得不偿失，并为此付出沉重的代价，甚至威胁到人类的生存。

游魅力大理，圆蝴蝶之梦

这句宣传语几乎在大理的每个景区，大街小巷都可以看到，甚至大理歌剧院每晚演出的大型歌舞也是以此为题。

自影片《五朵金花》放映以来，大理的蝴蝶泉就闻名遐迩，大理人抓住这一主题，充分挖掘它丰富的文化内涵，加强宣传攻势，从而使今日的大理名扬天下，成为人们旅游观光的胜地。大理是一个充满神秘色彩的地方，这里古代称"大理国"，曾经演绎了许许多多丰富多彩的传说，留给今日的人们无穷的想象。这里又是一片宁静安详的土地，宽阔的盆地，肥沃的土壤，偏隅一方的地理条件，使我们想象得出，历史为何会在这里演绎如此丰富的内容。

苍山脚下，洱海之滨。如黛的苍山，漾波的洱海是大理的象征，也是居住在这里的白族人民文化的摇篮。绵延40多千米的苍山，屏列着雄峻的苍山十九峰，峰顶紫云载雪，夏至积雪渐消，入秋雪又盖顶，冬春则银像奔驰。它巍峨雄壮的身躯，犹如一道天然屏障，护卫着大理。面积达250多平方千米的洱海，碧波荡漾，水质清澈，犹如母亲的乳汁，哺育着大理一代代优秀儿女。乘舟洱海，但见苍山银峰，一一倒插海底，银苍玉洱交相辉映，使人领略到"百二河山云水外，三千世界境中天"的境界。大理是白族人的主要聚居地，能歌善舞，有着深厚传统文化的白族儿女，勤劳智慧，创造了许许多多优秀的民族文化，给今天的人们以最好的精神享受。

"风花雪月"是大理人对大理自然景观的概括，洱海夜月、下关风、上关花及苍山雪一道构成了大理四大奇景。人们把它编成小诗云："下关风、上关花，下关风吹上关花；苍山雪、洱海月，洱海月照苍山雪。"

丽江古城

谁也不曾想到原来偏隅一方、清静纯美的一个小镇，如今会名噪天下，如此的热闹非凡、繁荣兴旺，它以其独特的韵味吸引着全国乃至世界各地的人们。奥地利学者洛克在丽江居住了27年，在《国家地理》先后发表大量关于丽江探险和考察的文章，并完成了《中国西南古纳西王国》《纳西族的文化与生活》等文化研究专著，是他的卓越研究和宣传，使这个深藏在滇西北峡谷中的人间胜地,逐渐被人们所接受和认识,从而成为今天人们神往的地方。

丽江的神奇和美丽,在于她是一个多民族的聚居地,这里居住着纳西族、白族、摩梭族、傈僳族等12个民族,多民族的相互交融形成了今天具有浓郁特色的多民族文化瑰宝。也由于她是古茶马古道上的重镇,四面八方商人的云集,为历史上丽江的繁荣昌盛奠定了基础,经过800多年的沉淀积累,从而形成了今天丰富的传统文化内涵。

丽江古镇,在空中俯瞰宛似一个大砚,人们又称她为"大研古城"。这里仍然保留着原始的建筑风貌,古朴、典雅,小桥、流水、人家,构成了丽江古镇最具特色的建筑风格。从海拔5596米的玉龙雪山流淌下来的"琼浆玉液",滋润着丽江大地,哺育着丽江人的世世代代,就是这圣洁而纯美的雪山水促成了丽江"家家流水,户户垂杨"的独特风貌。雪山水从古镇穿流而过,四通八达,300多座大小不一的石桥、木板桥像一根根银链将花红柳绿、鸟语墨香的丽江人家串接于清波之间。

四方街是古镇的心脏,四条主要街道由中央通向四面八方,每条街道又滋生若干条巷道向四周延伸,阡陌交错,稍不注意就会迷路。古镇内商家林立,各种商品琳琅满目,银器玉器、各种中药材，以及纳西人特有的服饰和各种手工艺品等等，使人眼花缭乱。旅游业的异常发达，为这里商业的繁荣兴旺创造了条件，也为居住在这里的丽江人增加了收入。

导游告诉我们，丽江古城没有城墙。据传，明洪武十六年（1383）这里的土司越过千山万水朝觐了朱元璋，朱元璋给土司取了汉姓"木"，意思是朱下面为木，让其坐上第一任世袭丽江土知府的宝座。木府土司从那时起就建设古城，但偏不修城墙，认为木字四周有墙，便是"困"字，怕影响了木家的兴旺发达。我在想，这或许是匠心独运的祖先以此告诫子孙，不要闭关守旧，围困自我。夜幕下的丽江古镇则更是美丽动人，处处灯火通明，显现着别样的优雅和璀璨。古城内街道两边的茶馆、饭铺顾客云集，身穿民族服饰的姑娘载歌载舞，更为这热闹的古镇增添了多姿多彩的内容，人们饮酒对歌，嬉笑打闹，清脆的歌声，此起彼伏，一浪高过一浪。四方街里，身穿艳丽服饰的丽江人与来自四面八方的游客围着那熊熊燃烧的篝火，随着那节奏明快的乐曲，手牵着手跳起了民族舞蹈，人们似乎进入了忘我的境界，天人合一的和谐之美在这里得以充分体现。

我从内心感叹，丽江是一个欢乐祥和，美丽神奇，具有无穷魅力的地方。

美丽而宁静的东坑

  天空中下着绵绵细雨，使这里本已清纯的世界，又像重新刷洗了一般，一尘不染，清洁明净。似海市蜃楼，又似世外桃源，使人如梦如幻，如痴如醉。

  这里的山是绿的，水是绿的，田野也因为春插的到来披上了绿装，春天赋予大自然勃勃生机，赋予它无尽的活力，绿色成了东坑的主题，它把东坑装扮得美丽而妖娆。

  老天似乎在考验我们的毅力。一个上午，霏霏细雨下个不停。从新余到东坑，一个多小时的路程，雨始终伴随左右。汽车沿着崎岖的山路穿行，一座座青山从眼前滑过，一个个村落在视线里消失。由于不熟悉路线，我们走走问问，在疑惑中行走，在期盼中向前。

一幢幢楼房在这里拔地而起，优美的建筑风格，独特的地理环境，洁白的墙体，在这大山深处格外醒目。这使人不难想象出，这里的人们富足而安乐地生活。

村边的大树上，栖息了不少白鹭，它们是国家保护动物。它们悠闲自得，当我们靠近时，它们丝毫没有惊恐的感觉，人与自然竟是如此的和谐。远处传来阵阵鸟鸣，各种各样：有引吭高歌的，也有细声吟唱的；有独自演唱的，也有群体合奏的，它们在演奏自然界最优美的旋律，似在欢迎远来的客人，又似在歌唱这美丽的东坑。这一曲曲动人的乐章给这原本寂静的山村增添了丰富的内容。

最富力量和灵性的当然是人类，他们是物质世界的主宰。一方水土养一方人，这里的青山秀水，养育了大山深处的一代代优秀儿女，他们淳朴善良、热情好客。广袤的田野到处是辛勤劳作、忙于春插的人们，他们在享受大自然赏赐的同时，又在不断地征服自然，改造自然，创造人类的文明成果。热情好客的主人，用最真诚的方式接待了我们，给我们讲述这里的一切，描绘东坑的未来。受这里一切的感染，我醉了。

湖畔人家

　　洋田——坐落于仙女湖的深处，它三面环山，一面环水，从仙女湖码头乘船有一个多小时的路程。

　　一个艳阳高照的日子，我和几个朋友租了一条渔船，向洋田进发。春天的仙女湖显得格外美丽迷人，暖暖的春风，碧透的湖水，郁郁的森林，穿梭的游船，让你赏心悦目，心情舒畅。在阳光的映照下，湖水闪闪发光，耀眼迷人。绿透的林海中盛开的鲜花争奇斗艳，互不相让，红的、黄的、白的，好似天空中的星星闪烁；更有盛开的映山红，就像花枝招展的少女，格外醒目。举目远眺，山间的森林气韵和谐，优美如画。那随着春天的脚步而吐出的新叶，彰显着大自然的生机和活力，墨绿、深绿、黄绿、浅绿，无须画家的笔墨，无须艺术家的构思，这是一幅天然的画卷，是大自然孕育的杰作。

此情此景，令我想起一句古语："近山者仁，近水者智。"还未到目的地，我就开始构思起"湖畔人家"的模样来，忠厚淳朴、勤奋耐劳，日出而作、日落而息。清晨划着小船，迎着朝霞出发，不停地撒网，不停地起网；傍晚，迎着夕阳，满载着活蹦乱跳的鱼儿，向河岸边翘首以盼的妻儿请功报喜。渐渐地我似乎进入了境界，多么美好而令人神往的生活图画！

船行至洋田，首先映入我眼帘的是河边参天的古樟，它似乎在告诉人们洋田沧桑的往事。青山环绕下的洋田，宁静整洁，村内众多的新楼房在青山绿水间十分醒目。我不由地衷心赞叹，这真是一个富足的地方。

坐落于山坳里的二层小楼，很别致也很清静，房前是宽敞平坦的草坪，屋后是树木葱茏的小山，左边是房主人养河蚌的一口水塘。屋内收拾得干净整洁，各种电器、家具一应俱全，显然这是一个殷实的家庭。男人主外、女人主内，在中国农村似乎是一个定理。男主人不在家，女主人一看就知道是个勤劳肯干的人。她手脚麻利地做好了中饭，而后又收拾好我们吃剩下的残局；当我们休息之后起来时，她已经砍下二大捆柴火回家，之后仍然是手脚不停地忙里忙外。女主人的一举一动令我们肃然起敬，勤劳是一种美德。

男主人终于回来了，他并不像我想象的那样纯朴憨厚，更多的是商人的精明和老板的架势，看来也是被世俗所染，被现实所变。同行的朋友告诉我，尽管这里交通不发达，只有一条水路进出，但这里的人很富有，几乎家家都有小楼，固定电话、手机已很普遍，丰富的自然资源为他们创造了条件，木材和水产是他们致富的源泉。男主人给我们讲起了养河蚌的事，据了解这是一个技术性很强、风险很大的项目，但回报率也高，需要很好的管理才能和准确的市场信息。他还告诉我们，过几天他将要去浙江，为河蚌的养殖寻求技术支持，也为河蚌的销售选择最佳渠道和最好的价格。如果一切正常，他今年又可大赚一笔。看得出他对自己的事业充满信心，对养蚌的各个环节轻车熟路。在如此偏僻的地方，听到如此的高谈阔论，纵然是见多识广的人，也不能不有所感慨吧！我为"湖畔人"有如此精明的头脑和敏锐的目光而感到欣慰。

原始意义上的"湖畔人家"正在不断地变化，随着社会的发展和交流的深入，"湖畔人家"走出了山野，融入了社会。

哭泣的桑树

望着这全身光秃、伤痕累累的桑树，我感到痛心，也陷入了沉思。

不知从何时起，大街小巷的人们，尤其是孩子们兴起了养蚕热，他们相互传送，使得不少人的家里都养了数量不等的蚕。作为一种爱好，培养孩子热爱生活、热爱自然的兴趣，本无可厚非。可是养蚕必须具备最基本的条件，那就是蚕的食料——桑叶。于是乎当蚕出生时，大街小巷的桑叶被采摘一空，桑叶成了最紧缺的"资源"，甚至学校门口还出现了卖桑叶的人。

三年前，妻子从别处移栽了一棵桑树到房前，经过精心的养护，它逐渐长大成材。春天的到来，更赋予了它勃勃的生机。茁壮的树干，绿油油的桑叶，使人感觉到它美丽而又可贵的旺盛生命力。然而，好景不长，随着蚕宝宝的出生长大，络绎不绝的人们，不顾树的生死，拼命摘取它的叶片。周围的居民心有不忍，想上前制止，却遭到振振有词的回击："蚕会饿死。""又不是你们家的树！""不就是一点桑叶、一棵桑树么，这么小气！"桑叶终于被采光了，嫩芽都没留，树枝也断了，留下满身的伤痕。周围的居民说，桑树在哭泣，哭诉人类的残忍。

如今终于安静了，尽管时常还有人来到树前转悠，但看到这光秃的身子，再也不言语了。邻居们说，把它砍了算了，省得烦人，也省得这棵树受苦。我无言以对。假如人们能从长远的观念出发，手下留情，不折断树枝，留下一点幼叶和嫩芽，也许今天它还可以源源不断地为蚕供奉鲜美的桑叶。人们为了追求一时之快、短期利益，竭泽而渔，最终害了自己。现在拿什么再去喂食你的蚕呢？近日听说，好多人家里的蚕饿死了，还听说有些人拿莴笋叶喂食，但蚕吃了以后，出现病态。

孩子是祖国的未来，要使他们懂得这个道理，学会尊重自然、尊重生命，树立全局观念、长远观念。这虽是件小事，但值得我们思考，构建和谐社会、落实科学发展观就应该从这些细小的事情做起。

走近黄坑

　　还是在上海学习的时候，与我同学的水北镇党委书记就对我说，水北有一处晚清时的建筑群，历史悠久、古色古香。他希望我能去看看，通过宣传使人们进一步了解它、认知它，使水北在旅游业发展方面有作为，进而带动水北特产米粉、茶叶、豆腐等相关产业的发展，从而福泽当地人民群众。我为他的拳拳爱民之心所感动，一直想去看个究竟。

　　尽管已是初冬时节，但今天的天气仍然是风和日丽，暖阳高照，田野之风迎面扑来，沁人心脾。黄坑村地处水北东北方向的边缘地带，当汽车穿行在这风光秀美，树木葱郁的丘陵地带时，你即刻会从内心感叹，这里是一个绝好的物华天宝之地。

进入黄坑村，最引人注目的当数那棵樟树了，古老而沧桑的古樟就像一位历史老人矗立在村子的中央，像是在欢迎远来的客人，又像是在向人们诉说黄坑久远而又沧桑的历史，它的身躯苍老而粗壮，树冠高耸入云，有如一把巨伞庇护着黄坑人的祖祖辈辈。它应该有久远的历史吧？村里人告诉我们，古樟已有500多岁了，黄坑人把它视为珍宝，看作村

里的守护神，有人曾出资10多万元想把它买走，黄坑人不为所动，我们为黄坑人有如此强烈的环保意识而感到欣慰。

在村主任的引领下，我们登上一处新建楼房的顶部，登高俯瞰，成片的建筑群即刻映入我的眼帘：它错落有致、房房相接、栋栋相连，黑乎乎的一大片。我在想，在这黑乎乎的瓦房里，一定演绎了许许多多辛酸的历史和丰富多彩的故事。村主任告诉我们，黄坑历史上就是当地小有名气的商品集散地，由于村前蒙河穿流而过，黄坑的先人们依托蒙河从事水上运输业，如今的蒙河边仍存有当年的码头遗迹。依靠发达的运输业，黄坑人又搞起了商品交易市场，当铺交易、货物买卖等，使得黄坑孕育了一批批精明的商人，从而盖起了这一幢幢古居。

"颍水环轩一泓养就鱼龙甲，蒙峰当户千仞高腾鹤凤声"。这副刻在古居门前的对联，反映了当时黄坑人才辈出，欣欣向荣的胜景。村主任骄傲地说，黄坑是块风水宝地，这里人杰地灵，造就了一大批社会有用之才。他说，自1977年恢复高考以来，400多人的黄坑一个村就出了125个大中专学生，其中大学生有75个，有的学校还是名牌重点大学，其中2个出国留洋现在国外工作，有些人家还是一家三四个子女全部中榜。这些令人兴奋的数字，使得我对黄坑人的崇敬之情油然而生，感叹这里淳朴的民风和好进的学风！

村主任领着我们在这个古建筑群里穿行，尽管这些古民居已经很是破旧，也很少有人居住，但我们仍然可以从那刻在石柱上的一副副对联、一个个雕塑，以及雕刻在房梁、门窗上的一张张图画中，窥见先人们闪光的智慧。这里的古居大多有400平方米，结构分前厅、中厅、后厅、正房、偏房，每个厅都有一个天井，有的一座房子就有4或5个天井。房屋大多是砖木结构，房梁之间既"钩心斗角"又"相互支撑"，使得整个房屋经久不倒、稳如泰山。村主任说，建筑群内从不积水，即使是下大雨，你走在这群古屋内也从不湿脚，这得益于其中科学而又合理的排水设施，每个天井里都有数个排水眼，地下密布着排水沟，我们从内心赞叹先人们在建筑上的巧妙构思和精湛技艺。

进入余庆堂，这是一个宽大的厅堂，足可容纳400—500人，这里当是黄坑人议事和举行重大活动的地方，想象中黄坑的许多重大事件、重大决定都是在此发生的吧！厅内高悬着一面大鼓，虽已破旧，但仍不失其威风，据村里人说，从前村里遇有重大事件，就敲响大鼓召集村民共同商议解决。

"水绕清潭虚涵天影呈冰鉴，山围平野淡点岚烟作画屏"。这副充满诗情画意的对联，我虽不能尽解其意，但可想一定是黄坑的先人们对自己美丽家园的由衷赞美。放眼黄坑，平坦处，沃野飘香，意趣盎然，一派祥和之气；突兀处，青山显翠，生机勃发，几番兴旺景象。

　　走进黄坑，这里有说不完远古的故事，也有看不完历史的陈迹，每一件事、每一个古物或许都有它丰富的传奇和经历。我漫步于这古村的小巷内，踏着这青青的石板，仿佛聆听到历史的回音，又仿佛置身于黄坑那耐人寻味的传说中。

西行散记

金秋时节，我随同政协学习考察组到新疆学习考察，通过与沿途政协的交流，以及一路上耳闻目睹，所见所闻感触良多，现形成文字，以飨读者。

水是生命之源

如果说原来我只是理论上知道水是生命之源的话，那么这次新疆之行，则使我真正体会到水的珍贵和重要，它是万物生长的源泉。

新疆全疆面积约167万平方千米，约占全国国土总面积的1/6，而可用于农牧业的土地约10亿亩。由于它深处内陆，远离海洋，形成了典型的内陆干旱和半干旱气候，严重缺雨少水，降水量最多的地方是伊犁河谷地区，年降水量400毫米左右，乌鲁木齐年降水量200毫米左右，降水量最少的是吐鲁番盆地，年降水量只有20毫米左右，由于缺水少雨，使得水成了全疆最宝贵的自然资源。水的奇缺使万物生长缺乏最基本的条件。乘车进入新疆境内，车行很远都看不到人烟，寸草不生，看不到一丁点绿色，全是茫茫的戈壁滩。偶尔看到一些骆驼刺，当地人称之为奶浆，那是生命力非常顽强的草本植物，尽管是稀疏的几棵，但已经非常珍贵了，其自然条件之恶劣可想而知。

大自然是一个有机循环的生态系统，尽管全疆境内少雨，但境内三大山脉、密布的冰川和永久的积雪为生活在这里的人们提供了绵绵不断的雪水，它成了万物的生命之源。据当地人说，新疆一般10月就开始下雪，到次年6月开始慢慢融化，融化的雪水绵绵不断地流向各地，雪水流到哪里，哪里就有了绿色，哪里就有了生命。

乌鲁木齐的含义乃蒙古语"优美的牧场"之意。由于它位于天山中段山脉之阴，三面环山的地理优势，为它提供了丰富的雪水资源，也为万物的生长和人类的繁衍生息提供了条件。在距乌鲁木齐市110千米处，是天池自然保护区，天池相传为我国古代神话中天子会见西王母的"瑶池"。湖面海拔1900余米，长3000余米，最宽处1500余米，旺水时面积4.9平方千米，尽管它的面积不大，但在茫茫戈壁滩上，能见到这么一处澄碧的湖水已是弥足珍贵了。举目远眺，湖水碧波荡漾，湖周云杉茂盛，绿草如茵，湖之东南侧矗立着雄峻的博格达山。尽管到了金秋时节，山峰上的皑皑白雪仍然举目可见，正是因为这皑皑白雪，为天山区内提供了源源不断的水资源，晶莹剔透的雪水经过天池顺流而下，滔滔不绝、川流不息，它滋润了天山区的大片绿洲，优美的自然环境和丰富的自然资源为生活在这里的人们提供了非常优越的条件。在景区内，我们遇到当地一个哈萨克族人，他告诉我们，生活在这里的哈萨克族人主要以游牧为主，从6月开始上山一直到10月下山，长期在山上放牧。羊体态肥壮味道鲜美，全身都是宝，当地人戏称这里的羊喝的是矿泉水，吃的是中草药，撒的是太太口服液，拉的是六味地黄丸。它道出了这里优美的环境和丰富的自然资源。

当地政协的朋友告诉我们，近几年由于环境被破坏，全

球气候变暖，雪资源愈来愈少，水资源的问题将成为困扰全
疆经济发展甚至生存的一个严峻课题。在全疆境内"西部开
发，环保先行"的宣传牌随处可见，这对我们启发不少，同
时更觉得要进一步珍惜家乡的山山水水，一草一木。

吐鲁番的葡萄熟了

《吐鲁番的葡萄熟了》这首歌曾传唱大江南北，唱遍
了祖国大地。它以其独特的韵味，特有的地方风格而让人陶
醉，使人更增添了对吐鲁番的神往。

从乌鲁木齐坐车近3个小时，穿过茫茫的戈壁滩，就到了
戈壁滩上这一片绿洲——吐鲁番，吐鲁番古称高昌、西州、
火州，早在两千多年前，这里就是丝绸之路的重镇。吐鲁番
属典型的大陆性干旱荒漠气候，年平均气温居新疆之首，夏
季最高温度曾达49.6℃，地表绝对最高温曾达82.3℃，其炎热
干旱程度，称得上全国之最。故历史上这里便有石头上烙熟
大饼，沙窝里烤熟鸡蛋之传闻。

进入吐鲁番境内，我们看到醒目的一句话"雪山水滋润
了绿洲，坎儿井孕育了葡萄"。是天山源源不断、川流不息
的雪山水使吐鲁番有了绿色，有了葡萄，有了生命。坎儿井
是新疆古老的地下引水工程，其特点是将雪水和盆地丰富的

地下潜流水，通过地下渠道，引上地面使用。它既可提高水的使用效率，又可防止水在地面蒸发。吐鲁番人全凭双手和简单的工具，凿打深井，掏挖地下渠，其工程之浩大，构造之巧妙，令人叹为观止。据介绍，吐鲁番现存坎儿井共有1000多条，如果连接起来，长度可达5000多千米，地理学家曾称它为地下运河，并把它与万里长城、京杭大运河并称为"中国古代三大工程"。坎儿井是吐鲁番先辈们的伟大创举，是吐鲁番人征服自然，改造自然，对生命不懈追求的生动体现。

《西游记》中孙悟空借铁扇公主的芭蕉扇扇灭火焰山烈火的故事，曾为人们所传说，火焰山在吐鲁番境内，自东向西，像一条火龙盘卧在吐鲁番盆地中央，长100多千米。我们下得车来，举目远眺，但见整个火焰山寸草不生，在烈日的照耀下，山体的赤褐色砂岩灼灼发光，炽热的气流滚动上升，看上去似有万道烈火在熊熊燃烧，我们还未醒悟过来，已是大汗淋漓、汗流浃背，火焰山果然名不虚传。

金秋时节，吐鲁番到处是一片丰收的景象，那熟透的葡萄一片片、一串串，绿的、红的、紫的，使人看了垂涎欲滴、喜不自禁。勤劳的吐鲁番人提着篮子，拉着马车，从丰收的地里摘出一篮篮、拉走一车车的葡萄，脸上露出欢欣的笑容。吐鲁番到处是葡萄，绿色的是葡萄，市场上卖的是葡萄，人们讲的是葡萄，说的是葡萄，唱的还是葡萄，葡萄是吐鲁番人的生命，是吐鲁番人的希望，是吐鲁番人的追求。

能歌善舞的维吾尔族姑娘

在新疆境内，我们到处可以感受到维吾尔族姑娘的美丽善良、热情大方，更能体会到她们的能歌善舞。

几乎在每个旅游景点和热闹的场合，都能听到以新疆风土人情为基调的歌声。特有的自然风光，新颖的民族服装，加上这动人的歌声和优美的曲调，使人充分感受到新疆的独特风情。

在吐鲁番交河故城，灼热的骄阳，使得我们个个大汗淋漓，然而，这里神秘的古老传说却吸引了我们执着前行。在门口，两个身着艳丽服装的维吾尔族姑娘，热情地邀请我们合影留念，或许是被她们的美丽所吸引，或许是被她们的热情所感动，我们同行中的一位男士与维吾尔族姑娘愉快地合影，姑娘们摆弄着优美的身姿，露出灿烂的笑容，展现出维吾尔族姑娘特有的风韵和神采，同行的人戏说："这照片回去如何向夫人交差？"，"那就把人留下来吧！"维吾尔族姑娘的这一妙答，引发了大家的欢笑，这笑声是维汉团结、民族融洽氛围的生动写照。

在著名风景区葡萄沟，遍地是硕果累累的葡萄，处处播放着新疆民歌。开车的维吾尔族的巴特师傅把我们带进了一家由维吾尔族人开的餐馆，餐馆非常特别，全由葡萄架搭起，那一串串晶莹明亮的葡萄抬头可见，随手可摘。热情好客的维吾尔族人请我们免费品尝香甜的葡萄和哈密瓜。随着那乐曲的播放，一个维吾尔族姑娘，为我们跳起了维吾尔族舞蹈，她扭动着那纤细的腰肢，摆动着那修长的脖子，脚踏着优美的旋律，在这特殊的环境里，我们如痴如醉，欣喜万分。我们不约而同地鼓起了掌，由衷地称赞新疆是个好地方。

"祖龙魂死秦犹在"

　　西安历来是我国的重镇，自西周以来，历经秦、西汉、前赵、前秦、西魏、北周、隋、唐等十几朝古都，建都时间达1000多年。

　　陕西又称"三秦大地"。据说是当年楚霸王项羽入关以后，把陕西的关中和陕北一分为三，分封给了章邯、司马欣、董翳三个秦朝降将，"三秦大地"由此演变而来。导游用陕北腔调，说出了"关中八大怪"，听起来很顺口，也很有趣。"石头不用枕起来，面条像裤带，姑娘不对外，锅盔像锅盖，房子半边盖，帕帕头上戴，有凳子不坐蹲起来，辣子一盘菜。"其实这就是对整个关中地区风土人情的概括。

西安又以秦始皇陵而闻名，显然，秦始皇陵景区有力地促进了当地经济和旅游业的发展，也对当地人们生活水平的提高产生了巨大的影响。无怪乎人们说，活着的秦始皇为统一中国做出了不可磨灭的贡献，死了的秦始皇仍然在造福三秦大地。

了解汉史的人都知道，当年汉王入关时，曾兵屯霸上，霸上即现今的灞桥。灞桥是我国历史上巨型桥梁之一，也是一个重要的交通关卡。这里蓝天碧水，柳树成荫。据说汉唐时节，长安人有亲戚朋友远行，常常要三十里相送到灞桥，并折柳相送，以"柳"意"留"，希望朋友在外像"柳"一样落地生根，可见古人的想象力和情感是非常丰富的。

秦始皇陵位于西安临潼以东5千米处，南依骊山，北临渭水。秦始皇陵建于公元前247年，前后历时39年，共动用徭役、刑徒72万余人。秦始皇陵周围陪葬坑众多，规模空前，据说现今发现的就有几千处，出土文物10万余件，堪称我国第一座皇家陵园。不过由于受资金和技术条件的限制，秦始皇陵始终没有动工挖掘。现代人依据历史资料和考古分析，模拟出地下秦始皇陵的模型，游人若步入其中，犹如进入了一个地下王国。导游说，地下的秦始皇，头枕骊山，脚踏渭水，左手抓金，右手抓银，以水银为百川江河，以明珠为日月星辰，把地上王国模拟于地下。由此可见封建帝王至高无上的权威。导游告诉我们，只要在秦始皇陵上顿三脚，便可保官运亨通、飞黄腾达。尽管大家不置可否，但还是有很多人既想顿又不想暴露心思，偷偷摸摸地顿了起来。其实，这也反映了大多数人希望进步和顺利的心理。

由当地村民于1974年发现的秦始皇陵兵马俑，被誉为"世界八大奇迹"之一，是象征守卫的陪葬俑群。兵马俑气势磅礴的宏伟阵容，真实的艺术表现，给人以亲睹秦时军人的形象和亲临秦军阵地的直感。车兵、步兵、骑兵列成各种阵势，严阵以待，遇敌出击，保卫着秦始皇地下王国的安全。这些武士俑平均高度1.8米左右，最高1.9米，陶马高1.5米左右，战车与实用车的大小一样。俑坑中最多是武士俑，他们身穿战袍或铠甲，有的头戴巾帻，有的反绾发髻。大部分手持兵器，有弓、弩、箭、矛、剑和弯刀等。青铜兵器因经过防锈处理，埋在地下二千多年，至今仍然光亮锋利如新。秦俑的脸型、胖瘦、表情和年龄各不相同，这与俑群的制造出自多人之手有关，更与秦军来自全国不同地区有关，工匠们用写实手法，把它们表现得十分逼真，在这个宏大的群体中包容着许多显然不同的个体，使整个群体更加活跃、真实和富有生气。听着导游的解说，看着威武雄壮的秦俑，我似乎回到了金戈铁马的远古时代，似乎看到了秦始皇灭群雄、扫六合、叱咤风云的壮观场面。

年，回家过

一

我今年回老家过年了。劝说了许久，母亲仍然不肯来新余过年。她说，家里什么都准备好了，姊妹们又都在家，不能丢下不管。于是我顺从她老人家的意愿，改变初衷，带着家人回老家去了。

好些年没在老家过年了，家乡的年味给我留下了深刻的印象，那热闹的场景，喜庆的氛围，浓浓的亲情，至今记忆犹新。我刚离开家乡的时候，那时还没成家，一人漂泊在外，每年回家过年就成了我美好的期盼。而今昔与往日不

　　同，我更多的是带上了做儿子的责任和孝心。

　　一个多小时的车程就到老家了，我装了满满的一车东西，从吃的到用的。母亲见到我的那一刻，满是欢喜，脸上露出的笑容让我感到甜美和满足。兄弟姊妹们都来了，他们用真挚的情感述讲着对我回家的欢迎。三姐夫悄悄地对我说："母亲总觉得你离开家乡久了，多少有些不习惯，但她一直没提，你今天回来了，她老人家不知道有多高兴！"

熟悉的山水，带有泥土味却又鲜爽的空气，破旧却又温馨的老屋，一切都让我感到是那么的动情。晚上，在昏暗的灯光下，我们围坐在火炉边，看着那个只有14寸的电视机，静静听着母亲讲些村里的故事，外面一片漆黑，夜幕下的村子是那样的宁静安详，我细细体会着这浓浓的亲情，享受着这清静的自然。

二

那晚，我出奇地睡了一个好觉。我玩笑地对妻子说，这一觉比住五星级宾馆还舒服。不知是情感所致，还是因为家乡宁静自然的环境，让我美美地享受了这一晚。

家乡的老屋到处是灰，地面也没有平整和硬化，墙上还有些洞眼。那床是母亲结婚时置办的，已经有五十多年了，可床上的用品却很是干净整洁，稻草做的床垫比城里的席梦思还舒坦。母亲知道我回来，趁天晴把被子晒得很是干爽，让我感到无比的温暖。

乡村的年让我充满着许多回味，我走出村外，想到处看看。乡亲们热情地和我打招呼，夸赞我的孝顺，我似乎做了一件很了不起的事，内心感到从未有过的荣耀和满足。

家乡的早晨是美丽的。昨晚的霜冻使天气异常的寒冷，

　　放眼望去，空旷的田野披上了一层浅白色的盛装。满地枯黄的野草仿佛在诉说着这寒冬的无情，远处的小山坡上成片的松树，则像一个个斗士，坚韧挺拔、傲雪欺霜，仍然是那么碧绿青翠、生机盎然，与田野里的景色形成鲜明对比，勾勒出一幅优美的田园画卷。到处是鸟儿的吟唱声，它们在田野里、电线杆上、山中的树林里飞来飞去，对唱和鸣，给这宁静的自然带来天籁。村子里那鸡鸣、狗吠、猪嚷声清新入耳，偶尔也传来小孩的哭闹声和大人的训斥声，渐渐地乡村的韵味在我的脑海里清晰起来。

　　知道我回老家了，姊妹们丢下自己的家务，在大年三十例外地全部来到母亲家。这幢老屋里，一下子来这么多的人，母亲有些不知所措，忙前忙后。屋子里洋溢着浓浓的亲情，兄弟姊妹们互致问候、嘘寒问暖，谈论最多的还是自己的家庭和自己的孩子。大姐的两个儿子在广东打拼，他们开了工厂，大姐一直随儿子在广东居住，自然让母亲和我格外想念，看着她那细嫩的肤色，整洁的衣着，我知道她生活很殷实，内心安定了许多。小妹生活的村子自然条件差，完全靠种田为生，生活异常艰辛，由于劳累过度，那双手粗糙无比，甚至到处开裂，让我看了心酸。母亲说："她的农活很多，除了自己家的事，还要经常帮我做事。"好在小妹有一个聪明伶俐、乖巧听话的孩子，让她看到了希望和未来。二姐则由于她的儿女没有回家陪她过年，一直闷闷不乐。我劝她说，儿女们也有自己的家庭和事业，没有回家可能有他们的缘由，要多宽容、多理解。

三

除夕夜持续不断的爆竹声把乡村的年味推向了高潮。母亲说，今年的爆竹声不如往年，是经济不好，在外务工的没赚到什么钱。我很惊讶！母亲用朴素的话语说出了一个现实。原来，外面的金融危机也影响到了这个偏僻的小山村。

大年初一一大早，村主任等一些人就来我家拜年了，母亲异常高兴，说这是人家瞧得起。村主任对我说："你最重情义，又没有架子，乡亲们都夸赞你的孝顺，中午一定到我家吃饭。"我很是为难，回家一趟想多留些时间陪母亲。还是母亲开口："去吧！'新年八斗'不要'堵'人家的面子。"我听了母亲的话。

家乡的年把许许多多长期漂泊在外的游子都召唤回家了。有些儿时的伙伴如今已是儿孙满堂，他们长期在外打拼，有好些年没见面了，如今相聚分外亲切，觥筹交错、推杯换盏间，引发出许多感慨！

外号叫"狗婆里"的是儿时最顽皮、最幽默的玩伴，他一见面就"领导、领导"叫个不停，让人忍俊不禁。他只比我长两岁，全家在外务工，现在已经是三个儿子的父亲、两个孙子的爷爷了。我玩笑地对他说："小时候你专带我们做'坏事'，还记得吗？"他笑而不语。赠平与我同年，今年春节他的儿子结婚了，平时全家在厦门开"的士"。大家不由得感叹起时光的流逝！

我们在桌上唤着各自儿时的小名称兄道弟，说不尽的故事，道不完的乡情。"为了田东村的和谐！为了家乡的繁荣！为了兄弟们的情感！干杯！"村主任的一番话还是挺有水平的。儿时的许多往事成了众人的话题。窃父亲的美酒、拿家里的盐菜，躲在山旮旯里煮豌豆喝酒干杯；偷桃子、摘李子，追爬手扶拖拉机等等，往事让我们感怀！美酒一杯一杯，故事一个一个，笑声一片一片，好些人醉了。

"狗婆里"夸张地说，这真是"千年等一回"呀！是啊！能使家乡这么多长年在外奔波的人相聚，那只有中华民族传统的年才有这个力量！

秋登百丈峰

　　去了百丈峰几次，然真正地攀登，这还是第一次。前些日子，应南安乡政府之邀，我们组织了部分政协委员就百丈峰的生态旅游问题进行了调研，目的是为百丈峰的生态旅游营造一种好的氛围，在调研的基础上写了一篇报告，市政协为此刊发了一期《议政参阅件》。民盟的刘智勇先生写了一篇散文《翘望百丈峰》在《新余报》上发表，他引经据典，搜集了许多人文历史资料，文章在读者中掀起了不小的波澜。看了之后，我对他说："文章虽好，但没有把'我'融入文中，一定要亲身去体验一下百丈峰的自然与质朴。"于是就有了这次登山行动。

秋天的百丈峰，树木仍然是那么葱郁，山里的气候已有一丝凉意。在向导的引领下，我们走进了百丈峰，没想到的是攀登之路是如此的艰难，一条羊肠小道还被茂密的树木和杂草覆盖了。天气晴朗了许久，但这路仍是湿漉漉的，长满了青苔，稍不注意就会打滑摔跤。本想轻装上阵，穿的是短衣短裤，此刻却后悔不迭，腿上不时有蚊虫叮咬，还被路边的树藤划出一道道血痕，这使我生出了一些难意。前面的人不断鼓励，后面的人不停催促，再难也得前进。

半山腰出现了一个不大不小的水池，好似人们常说的天池。由于四周是茂密的灌丛，使人无法靠近，远远望去那水湛蓝湛蓝的，清澈见底，在太阳光的映照下，这满池的水颜色深浅不一，呈现出五颜六色的奇观。这使我想起了九寨沟的五彩池，与之相比那是毫不逊色，这大概就是原始质朴的风貌吧。

已经是无路可走了，我们只好沿着林场开挖的防火道攀缘，部分人已是面露难色，打起了退堂鼓。百丈峰寓含"百尺竿头，更进一步"之意，这多少让人有些动力，一部分人一鼓作气登上了山顶。登高就能望远，俯瞰山下，美景尽收眼底，一切是那么自然和谐：那蜿蜒曲折的公路有如一条条飘舞的玉带；那水塘、水库就像镶嵌在大地上的一面面明镜；那一个个小山头呢？恰似一个个绿色的堡垒；青山掩映中的一个个村落，更是显得如此的安详和宁静，好优美的一幅画卷！

树木在微风的吹拂下，左右摇曳，像是在翩翩起舞，向我们挥手致意；又像是一群少女，风姿绰约，展露一个个妩媚的笑。这也许印证了"境由心造"这句话，好的心情使一切都美起来了。

百丈峰满山的野毛栗、野苦槠、野柿子见证了这收获的季节。"这里有一棵柿子树"，同伴激动地呼叫。但见这生长在石崖边的柿树上硕果累累，满树的柿子一个个金黄明亮、结实饱满，似乎在这大山上饱经了风霜雪雨的锻造。同伴们花了九牛二虎之力采摘了一些，有如宝贝般悉心保管，尽管知道这柿子暂时还不能食用，但我还是试着尝了一个，顿觉满口的涩苦，但是这"苦"让人舒畅。

山顶建造了一个小亭，向导告诉我们这里是三县的分界点，亭子中央树立着一个三角形界碑，东南面是新干，西南面是峡江，北面则是新余。站在这亭内，我不时移动自己的视角，欣赏着三地的风貌景致，微风袭来，顿感沁人心脾。或许正是因为百丈峰特殊的地理位置，孕育了百丈峰诸多的文化历史内涵。向导说，百丈峰境内历史遗迹颇多，如雷公庙、岳飞练兵场、东峰坛、皇帝洞等，现如今尚可以找到遗址，但由于道路艰难，我们无缘得见。

已近晌午时分，同伴们都不想原路返回，要求向导就近找一条路下山。或许是由于许久无人行走，路已被树木杂灌覆盖，无法辨认。新路无法找到，走老路又心有不甘，进退两难，情急之下，向导带着我们走向没路的山林下山。

我怀着忐忑不安的心情与同伴们穿行在这密密的树丛中，好在向导有一把砍刀可以随时清除途中荆棘，我们手脚并用，不敢有丝毫松懈。我们似乎进入了原始森林，又仿佛与世隔绝，山里静得出奇，听不到丁点声音。山里有些枯死的树木，表面与其他活着的树并无二样，但只要你手一碰，它即刻就倒，有几次同伴们为找支撑点，多次扑空，人仰马翻。向导告诉我们，百丈峰山里的石头千万别踩，果不其然，看似牢固镶嵌在土层里的石头，其实一踩就松，直往山下滚，有几次同伴们踩到石头，不但自己一脚踏空，滚落的石头还差点砸伤前面的同伴。

百丈峰山里的土质非常松软，厚厚的有机质软绵绵的犹如地毯，那土质乌黑肥沃，同伴们说，这土拿回去栽花甚好。这肥沃的土壤来自千百年来山里枯枝落叶的积累，经过自然的腐烂变化又抚育百丈峰新的生命。

听到了潺潺的流水声，知道距离山脚不远了，我们精神为之一振，不由得加快了脚步。前面是一片板栗树林，此时的向导方才如梦初醒：哦，我们是走板栗坑下来的，离目的地不远了，原来他也一直在摸索中前进。

真的出山了，山里稀稀散落的人家，房顶已是炊烟袅袅，我们知道中午时分已到，农家的饭熟了，香喷喷的。

乡村夏日

记忆中乡村的夏日是充满着乐趣的。

每年的暑期是我最快乐的日子。和小伙伴们肆无忌惮地疯玩，在水塘里摸鱼，在树上捉知了；偶尔也帮父母割禾、挑禾、插秧。那时是不知道什么叫炎热和劳累的。夜幕降临，家家户户的烟囱开始飘起淡淡的白烟，喧闹了一整天的村庄在昏黄灯光的笼罩下慢慢宁静下来。晚饭后，和兄弟争抢着家里的竹床和蒲扇，或者在父母的吆喝下两人挤睡一张竹床，有时蒙胧中会感觉到父母在用那蒲扇帮我们驱赶身上的蚊子。

时常和我们这辈人谈起这些往事，大家都是津津乐道、眉飞色舞，似乎有说不完的话题，讲不完的故事。

参加工作以后再也没有了暑假，每年的夏天都是在生活了近三十年的城市中度过的。每每散步时，看着城市那川流不息的车辆，以及繁华的街道两旁散发出的迷离灯光，发现乡村的夏日似乎已经离我们很远。

又是一个炎炎夏日。突然想起了我的母亲，和家乡夏日的味道。于是，大暑那天我回到了家乡。

正值"双抢"季节，到处是一派繁忙的景象。辛苦劳作的人们正在泥巴和汗水中，抢收自己的劳动果实。远处的青山在这烈日下更加郁郁葱葱，迸发出勃勃生机；各种鸟儿在树上飞来跳去，叽叽喳喳地歌唱着；若远若近的知了叫声，使乡村的夏日更加生动起来。

一车车的稻谷、一担担的禾在我家门前经过，我热情地为乡亲们递上香烟和问候。

和以往不同的是，今年村

里有些乡亲用起了联合收割机，每亩田花上65元钱，就可以完全收割并脱粒好，你只需从田里把稻谷挑回家，省去了很多体力。据说那收割机是一个乡亲在安徽的女婿运过来的。但还是有不少乡亲为了省钱，仍然采用人工收割。乡亲们用起了板车、独轮车，配之以耕牛进行运输，记得当年的父辈们是完全人工一担一担地往家里挑的。

　　烈日下的田地里到处是忙碌的人们。骄阳似火一般烤得让人喘不过气来，有些乡亲中午一两点仍在田里做事，为的是争抢时间。我知道要收获一季稻谷是要许多工序的，耕田、割田、耙田、拔秧、插秧等等。如今有少数乡亲采用机器耕作，插秧也改作抛秧了，这样便节省了不少劳动量。白天要忙于抢收、耕田，晚上则要忙着为田里放水。水利是农业的命脉。我的家乡是不缺水的，村子的边上有一个小型水库，较远处还有一个大型水库，完全可以确保村里几百亩和附近村庄几千亩田地的灌溉，那都是二十世纪五六十年代的人们留给后人的宝贵财富。尽管如此，每年还是有乡亲因放水而吵架甚至打架的，灌溉渠道年久失修、泥土淤积、杂草丛生，导致水流不畅，不能满足农民"双抢"时间上的需求。我村里那美丽的小水库，当年是全村人洗澡、洗菜的好地方，如今也因承包养鱼，使得水质变差，脏物遍布。乡亲们说，耕牛都不吃那水了。如今的孩子们再也尝不到当年我们在这水库里尽情嬉戏的滋味了。看来处理好保护环境与发展经济的关系，的确是个大问题。

　　晚上，我和邻居聊起了家常。他们老两口都已年逾古稀，三个女儿出嫁了，儿子、儿媳在外务工，老两口带了两个读初中的孙子在家。他们告诉我，家里有十多亩田，还有几亩地，今年要"双抢"的田有六亩多，还有四亩多是一季晚稻。一年的总收入有两万多元，除去种子、化肥、农药开支，一年的纯收入约有8000多元，除去平常零用，特别是逢年过节的开销，一年下来所剩无几。他们说，现在种田负担不重，就是种子和农药较贵。儿子、儿媳赚的钱他们自己留着办大事，盖房子及供子女们读书，老两口在家吃穿问题是不用愁的，日子过得还是平稳和安逸的，对现状也很是满足。男邻居告诉我，每餐他都会喝点酒，冬天一般是白酒，那是妻子为他在镇里集市上买的，七八元或十几元一斤不等，有时也会自己酿一点酒，用的是自己种的糯米；夏天一般会买一些啤酒喝，也就是这几年，前些年妻子是舍不得的，一餐一瓶，有时也一瓶分两餐喝，坐在自家的屋子里，打着赤膊，对着电风扇，慢慢悠悠。他也抽烟，5元一包的烟一天要抽一包，为此经常招来妻子的责骂，但骂归骂，妻子每个集市还是会帮他买好香烟的。最后他说，做事累了，坐下来喝点酒、抽根烟可以消除疲劳。我在心里说，这或许就是我们千千万万淳朴农民生活的缩影！

我的村子是田多人少，青壮年都外出务工了，70岁甚至快80岁的人种田并不鲜见。村里有一位75岁的老人至今种了4亩多田，我现场目睹了他耕田、耙田，挑禾、推车健步如飞的身影。"谁知盘中餐，粒粒皆辛苦"的诗句此刻在我脑海里浮现。

晚上八九点吃晚饭是忙于"双抢"的乡亲们的常事，一早一晚天气凉快是他们做事的好时光。夜幕降临，田野里仍有不少晃动的人影。正值月中，悬挂在天空的月亮又圆又亮，它朗照在田野，似乎为大地披上了一件薄薄的银纱，一片明亮的感觉。家门口的几棵樟树在月光的朗照下，在地下落下斑驳的黑影，微风吹来，那晃动的黑影多姿多彩。白天难觅其踪的蛙儿们，此刻倾巢出动鸣个不停，万千种的虫儿似千军万马呐喊一般引吭高歌，似天籁之曲。

乡村的夏夜很宁静，静得似乎可以触摸到大地呼吸的起伏。偶尔也从远处传来几声人语或是狗吠，显得非常清晰。"你等一下，让我先放一下水。"田野里传来一阵清晰的说话声，在家的母亲一听就知道这是谁的声音。

　　"这么晚了，'亮木子'还在田里放水，还没吃饭，真辛苦！"母亲总会自言自语地说上一句。

　　乡村的夏夜又是热闹的。那来自田地里、树丛中的生灵，它们从不寂寞，争先恐后，在这个属于它们的天地里尽情展现，使这乡村的夏夜热闹了起来。

　　一切都是自然的声音，到处都是自然的色彩。

　　我对母亲说，我就拿张竹床睡外面吧。母亲说，下半夜外面有露水，对身体不好。

　　我是舍不得乡村夏日这美丽自然的味道。

拜年

每年春节的时候，总会想起儿时在家乡农村过年的许多往事。这是一种美好而又甜蜜的回忆，有时想到特别之处，自己还会独自露出舒心的笑。

时光流逝，对许多往事的记忆已是模糊了，而有一些事情则在脑海里永远也无法磨灭。过年是儿时最向往的事了，那几乎是有新衣服穿、有好东西吃的代名词，尽管那时家里穷，但过年时的情景却留给了我深深的记忆和幸福。特别是那拿着油布伞，穿着新衣服，衣兜里还装着一些花生和鸡蛋，似走似跑地跟在父亲后面，到亲戚六眷家拜年的景象，依然是那么清晰、那么让人回味。

家乡自古就流传着"初一村上，初二姑丈，初三初四不来就把他吊在'方'上"的说法。意指初一是村里人自己相互拜年，恭喜发财，期望来年五谷丰登。初二则是晚辈给长辈拜年。如果过了初三、初四这个时间你还不去，主人就会生气讲你不懂礼貌了。到了初六、初九、十二一般就是女儿带着自己的儿女回娘家走动了。家乡还流传着"初一崽，初二郎，初三初四拜干娘""拜年拜到初七八，装年货的坛子都倒着挂"等说法。这些都是祖辈在告诫着今世的人们要知书达礼、孝敬父母、尊重长辈。

在农村拜年一般是男人的事，女的则在家里招呼来家拜年的客人。在儿时的记忆里，每年我都要跟着父亲去许多的亲戚家拜年，我就像父亲的一个尾巴，小孩的脚步跟不上大人，只好一路小跑，气喘吁吁。父亲自豪地带着我，向别人介绍我，亲人们见了面总会说些夸奖和吉祥的话，"长大了""有出息了""很听话""了不起""今年更进步""要上大学"等之类的话，我听了心里像喝蜜糖似的。

我记得每年的初二第一个要去的地方必定是外婆、舅舅家，之前，母亲总会再三叮嘱我要注意自己的言行，用家乡话说这是新年"发世"，新年第一次出门要图个吉利。到了那里定会有三个水煮鸡蛋吃，在当时农村那是贵客的待遇。

外婆每次见了我都会仔细端详，显得格外亲切。"长大了、长高了""给你爷撑腰了，有出息了""要好好读书"等之类的话说个不停。我则显得很是腼腆，站在那里一动不动，任凭她看个够。父亲还要带我去他的姐姐及许多的亲戚家，有些路途还很远的，且全靠两条腿走路，如果遇上雨天，则更是艰难，记得每年的初二都要到天黑才回家，带回一身的泥巴和汗水，也带回满口袋的花生和鸡蛋，还带回满脑子的亲情和祝福。

初三一般是拜大年，初四则是平辈间和普通的远房亲戚及朋友间拜年了。家乡的风俗是一代亲、二代表、三代就罢了。有些远房亲戚平常很少走动，只是过年去拜个年，这些亲戚大多到其家里拜个年就出来，但你又不得不去，那是礼节，也是需要。现在依稀记得，每年的这个时候，在出去拜年之前父母都要商量一番"哪里哪里要去一下！""哪个哪个到了我们这里拜年，你们也要去一下呀！"等等。在农村拜年，如果你不打算在亲戚家里吃饭，千万不可久坐，否则主人就会到厨房去给你弄吃的；你接了主人的一根烟、一杯茶，落座之后就要招呼主人不要去弄吃的。你起身离开，主人一般会说"坐一下嘛""口也没打湿""就空坐了一下，饿肚子吧"等之类的话，而客人一般会说"不吃啦""吃饱了，吃不下了，哪里一定要吃什么呀""还有事，还要到好多地方去拜年""下次再来"等之类的话来回答对方。那时我年纪尚小，也不知道这些话是真是假，听得稀里糊涂，只是跟在父亲身后，他坐我也坐，他吃我也吃，他走我也走。

那时农村拜年的姿势，一般是双手合十，单膝弯曲以示尊重，也有双膝下跪的，那是对外公、外婆、舅舅、舅妈、岳父、岳母等辈分高的长辈。拜年之时一般会亲切地叫上一句，比如"外婆，我给您拜年啦！"而对方一般会双手把你扶起，并说"我个崽长大了，要考大学了，要娶老婆了！"等等。

时代在发展和进步，现如今拜年的方式变化了许多，除了少数老人，已经很少有人徒步去拜年的了，大多数年轻人都是骑摩托车，也有不少开着小车去拜年的。在一些村庄旁停放众多的摩托车和不少的小车已是司空见惯的事了，有些村庄甚至还找不到停车位了。初二、初四几天的乡村公路很是繁忙，摩托车和各色的小车川流不息，人们衣着鲜亮，笑容满面，许多人还带着酒气，豪言壮语，掏出的烟也大多是高档的。社会的进步和人们生活的变化悄无声息，但回头一看却是翻天覆地的。

如今家乡的许多年轻人之间拜年也不跪拜，改作握手问好了。城市流行的短信拜年、电话拜年、网上拜年、送鲜花拜年在农村也是常事，特别是在外工作的年轻人，春节回家，不仅为农村带来了生机和活力，也带来了现代文明的气息，无形中促进着农村的文明和进步。

今年初二一大早，我按母亲的意思，去了舅母家拜年。她老人家生了三个儿子、三个女儿，可谓子孙满堂，女儿都出嫁了，三个儿子又都盖了新房，她一人仍住在当年的那老屋子里。据说，平常儿子们都外出务工，她一人要照顾好几个读书的孙子、孙女的吃住起居，很不容易。在这个老屋子里，我似乎找到了儿时每年跟着父亲来外婆家拜年的一些感觉。按母亲的说法，这里是她的娘家，是我们的根本，人不能忘了根本。我深情地向舅母跪拜，舅母特别高兴，说我是稀客，赶紧到厨房给我们每人煮了三个鸡蛋，这是招待贵客，几十年了，这一风俗仍然没有改变，我想它还会一直延续下去，也希望家乡一些好的传统、好的风俗一代一代传承。

读书札记

学点哲学

哲学是关于世界观的学说。世界观就是人们对整个世界的观点和看法，大凡有点作为，得到人民群众拥护的人，都持有正确的世界观，都有很好的哲学基础。有了哲学的功底，什么时候、什么地方、什么事情，就能一分为二、辩证、客观、联系地看待问题。对立统一规律、量变质变规律、否定之否定规律是唯物辩证法的三大基本规律。努力学好这三大规律，我们或许就能正确地分析和认识世界的万事万物。

理论与实践、形式与内容、现象与本质、必然与偶然、现实与可能、原因与结果、知与行等等，正确地认识它们、把握它们，对于我们处理现实生活中的问题是有好处的。

如果把哲学的观点内化为我们的灵魂，变为自觉的思维方法，我们就具备了经常创新的思路。哲学看起来离生活很远、很抽象，关键要把它变成日常行为中活的灵魂，就会对我们具体的生活产生巨大的作用。从国家、民族角度讲哲学，主要是提供方向性坐标，即提出方向性指导。

对个体引导培养、提高素质；对国家提出坐标性指导，这就是哲学的时代定位，也是今天哲学肩负的重任。

困境中看到希望，失败中看到优势

曹操是一个伟大的政治家、军事家，他的伟大不仅体现在军事、用人和谋略上，更体现在他的性格和看问题的角度上。赤壁之战如此惨败，但他并未就此一蹶不振、灰心丧气，而是以顽强的斗志、坚强的决心，以"胜败乃兵家常事"的道理来安慰自己，并在失败中看到敌人的短处，发现自己的长处，其自信心不可谓不坚定。

一个人精神很重要，精神垮了，不仅影响自己，还会影响周围的人以至整个局势。短暂的失利、局部的失败并不能代表全部。把目光放远一点，始终保持乐观向上的精神，是曹操留给后人的启示。

英雄的穷途末路

骄傲和大意导致了关羽的失败。关羽武功盖世、豪气冲天、忠义无比，然而骄傲自大、目空一切、自以为是、意气用事。与赵云比，他有不如之处。也正因为此，才导致了他失荆州、走麦城。为将帅者应有进有退、恩威并用、懂得韬略。关羽的失败使人伤心和惋惜，诸葛亮为何不派一得力军师辅佐呢？

诸葛亮可算个军事家，但称不上政治家

诸葛亮辅佐刘备取西川、占荆州、夺汉中，最终使得三分天下有其一，成就了刘备的帝王之业，可谓功高盖世。他文韬武略、神机妙算，上通天文、下知地理，可谓无人可比，可称得上是一个军事家。然而其缺乏政治家的气概、用人的韬略，其调动人的积极性、驾驭全局、恩威并用的能力，比曹操、刘备逊色许多。世间很多东西是不能全靠"诡计"和"妙算"所能做到的，魏延的任用就是一个典型的例子。个人的才能是有限的，曹操曾说："吾聚天下智力，将无往而不胜。"此何等的气概，诸葛亮不如也。

大丈夫心中可容大海、高山

司马懿是小说《三国演义》里一个杰出的人物，其文韬武略比诸葛亮毫不逊色，特别其沉着冷静的风范值得学习。诸葛亮阵前叫骂他不动怒，送妇人衣服羞辱他，他还款待来使，他的气度被人称为能容高山、大海。正是因为他的沉着冷静和宽广的胸怀，使他最终战胜了诸葛亮。

政治立场是首要的

政治立场的坚定比什么都重要，它是首要的、第一位的。小说《三国演义》中的邓艾、钟会可谓文武双全，为破蜀立下了汗马功劳。然而，由于他们缺乏政治韬略，看不清形势、不得要领，妄自尊大和谋反，最终自取灭亡。尽管有盖世奇功，也尽管有文韬武略，最终还是成了政治权力的牺牲品，岂不痛哉！

个人的力量是有限的，要认清形势，分清主流，始终占据天时、地利、人和，在此基础上发挥自己的主观能动性，为大目标、大方向而努力。

亲君子、远小人

要做一个品行端正、有所作为的人，内因固然是重要的，但除了内因之外，周围的环境和所接触的人有时也是非常重要的。

自己要洁身自好、奋发向上，这是主观因素，但接触人要有所选择，要有亲疏之分。对品行端正、勤奋好学、刻苦钻研、淳朴善良、团结友爱的人要多接触、多亲近。因为他有可能帮助你更进一步地发扬优点、克服缺点，发扬长处、避免短处。反之，则要疏远、要少接触。因为他有可能使你的缺点进一步扩大，甚至误入歧途。三国时诸葛亮的《出师表》里有一段话就是这么个意思。

人才难得

赤壁之战，曹操损兵折将，但他没有被打垮，没有灰心丧气，反而在困境中看到希望，在失败中进一步总结经验。然而，战争结束后，唯一令他失声痛哭的是郭嘉（奉孝）不在身边，如他在是不会导致如此惨败的，可见郭嘉在曹操心目中的重要性。郭嘉才38岁就死在随曹操北征乌桓途中，他学识渊博，有能力参政，也善于参政，言谈举止都很适度，掌握时间、机会也恰到好处，颇得曹操喜欢。人才的重要性毋庸置疑，一人之力系于一场战争，一人之力系于天下安稳。

看问题要深一些

看问题要深一些，要看到本质，看到真实的、深层次的问题。

电视剧《康熙王朝》中，君臣们围绕着是否撤藩问题争论不休。平西王吴三桂上了个折子，自请撤藩，康熙准奏了。孝庄太后却不这么看，不同意撤藩。她看清了吴三桂的真实意图，也了解吴三桂的现实情况，更了解吴三桂这个人。她认为，康熙了解的只是奏折上的、群臣口中的、传闻中的吴三桂，并不了解真实的吴三桂。她断言，一旦撤藩，吴三桂必反。对重病只能缓治，否则，物极必反。她认为，先帝对吴三桂恩威并施、关爱有加，是因为他是一个将帅之才，但有虎狼之心。她比康熙更了解吴三桂的祸害性，只不过当时不宜动手罢了。

孝庄太后看问题可谓入木三分，她比康熙更明白吴三桂的危害，更知道撤藩以后的危险。她比康熙高明许多，老练许多。

腐败治理还是要靠制度

电视剧《天下粮仓》反映了清朝官场的腐败和黑暗，贪官污吏榨取民脂民膏，心之狠、手之辣是罕见的，作为皇帝的乾隆尽管圣明，也难以洞察一切、了解一切。

看来要治理腐败还得要靠制度，用制度来约束，用制度来杜绝。为官要正，但仅仅靠正直之心是不够的，还要有正直之策、正直之略；既要有勇，更要有谋；否则，在复杂的形势面前，你就会束手无策，有口难辩，甚至头破血流。剧中人物刘统勋就是个例子，他敢于直言，也有谋略，但仍免不了随时遭受杀头的危机，整日忧心忡忡，提心吊胆。

在封建社会，做个忠臣不易，而要做个贤臣、良臣就更不易了。

人心最重要

电视剧《康熙王朝》里，孝庄太后说："这些年，我既没攒下多少银子，也没攒下多少财物，唯一攒了一些人心，现在关键时刻用上了。"

果然，在孝庄太后的动员下，朝廷里的王公大臣都把自己家的家丁和兵勇给了康熙，组建了一支部队，为挽救朝廷的危机、平叛动乱起了决定性的作用。

人心是无形的，也是无价的。

善于发挥主观能动性

客观事物对于任何人来说都是同样的、平等的，但在相同的客观事物面前，每个人所表现出的主观能动性是不一样的，这就是我们通常所讲的"事在人为"。"为"的不同，其结果是不一样的。在同样的"客观"面前，有些人表现得束手无策、无所作为，甚至怨天尤人；而主观能动性强的人则往往能抓住机遇，想他人之所未想，做他人之所未做，甚至能化消极因素为积极因素，最大化地利用有利条件，克服不利因素，从而开辟出崭新的局面。

市场经济

市场经济让人们认识到钱的重要性，但对一个民族而言，只有物质的发展是不够的，还要有精神的发展。市场经济在追求物质利益最大化的同时，要遵守公平原则，要遵守诚信原则，这就是物质文明和精神文明的统一，我们不仅要强调二者的统一，也要研究如何使二者统一好，更要研究它的过程，以便提出坐标性指导。

万事万物都在斗争

斗争是客观真理，万事万物都在斗争之中。斗争的结果要么东风压倒西风，要么西风压倒东风，要么处于平衡状态，那也是暂时的，有时看似风平浪静，但那只是表面现象，其实斗争是永恒的、持久的、不断的。社会是如此，自然界是如此，人的身体内部也是如此。

斗争的胜利是不以人的意志为转移的，从没有绝对的胜利和失败之分。有短暂的胜利，有长久的胜利；有物质的胜利，有精神上的胜利；有实际利益的胜利，有道义上的胜利；又有谁能说得清呢？

但有一条可以肯定，鱼和熊掌不可兼得。万事万物中人心最重要，谁赢得了大多数人的心，谁就是胜利，过去如此，现在如此，将来也是如此。

正义的就是永久的

电视剧《问问你的心》的郑方鸣具有正直、善良、诚恳的个性，他那百折不挠、坚韧不拔、沉着应对的品质值得称赞。世界是充满着矛盾的，也是好与坏、正义与邪恶、善良与恶毒的统一体，我们要正确对待，沉着而机智地应对，最终以胆略和智慧或诚心和情感战胜对方、感动对方，最终达成统一。这是一个漫长的过程，也是一个艰苦的过程，同时还是一个贯彻始终的过程。没有想象中的清平世界，有思维就会有矛盾，有人类就会有斗争，只不过性质不同，程度不同罢了。

学会低头

君子之身能大能小，丈夫之志能屈能伸。学会低头是人生道路上的必然，否则就会头破血流。有些问题忍一忍就过去了，过去了就是胜利。

低头是为了抬头，是为了过这个门槛。但人不能总低头，总低头就没有意义、没有价值了，就是懦夫。

努力做个"明君子"

子曰："由，智者若何？仁者若何？"子路对曰："智者使人知己，仁者使人爱己。"子曰："可谓士矣。"子路出，子贡入，问亦如之。子贡对曰："智者知人，仁者爱人。"子曰："可谓士君子矣。"子贡出，颜回入，问亦如之。对曰："智者自知，仁者自爱。"子曰："可谓明君子也。"

试题相同，三人答案各异。孔子分别作出评价，士：读书人。士君子：品德高尚而有学问的人。明君子：有贤明的品德、高尚而有学问的人。

显然，颜回的思想和修养已达到最高境界，他的回答最符合孔子的要求。因为，只有自知自爱，才能自重自信；只有推己及人，才能由爱己推至爱人；己立才能立人，己达才能达人；达到克己复礼，方可天下归仁。

重游百丈峰

春天到了，想象中的百丈峰总该又有一番景致吧！

远方的朋友要来了，想让新余最美丽、最自然的风光呈现在朋友的面前。昨夜辗转反侧，拿什么来奉献给我的朋友呢？对百丈峰我情有独钟，那里的山水自然美景给我留下了深刻的印象，"百尺竿头、再进一步"的寓意让人心生憧憬，那是一块尚未开发的处女地，是一块风水宝地。于是决定带朋友游览百丈峰。

早晨的雾很大，朋友的儿子说，能见度不足十米。前方的物体若隐若现，开车很是困难，一路弯道较多，加之车流较大，车子行驶缓慢，我眼睛紧盯着前方，唯恐有丝毫闪失。朦朦胧胧的雾遮盖了这自然的山水，九点多了，这雾还缠缠绕绕地围在身边没有丝毫散去的意思，我们就这么行驶着。

我突然想起，这路边有个梨园，春天到了，该是满园春色吧！记得前些年，偶尔路过，那满园的梨花一望无际，有如冬天里的雪花洒满这大地，娇洁美丽。而今借着朦胧的视线四下寻找，终于，这一片美丽的梨园又呈现在眼前，真是

天遂人愿，来得太是时候了，让我的朋友此刻能欣赏到你这满园洁白的花朵。"忽如一夜春风来，千树万树梨花开"这撒下绿叶，先开为快的梨花呀，你如一个个下凡的仙女，明亮夺目，光彩照人。

朋友心花怒放，下得车去亲近这美丽的梨园。朋友说，这梨树树龄看似很老，其实这梨树枝看上去结结巴巴，是它的特性，那粗老的外皮是保护枝干的，它的年轮并不大。朋友又说，这梨花似乎没有香气。它是有着淡雅香味的，只不过它已奉献于这广袤的大自然里；抑或它不以香诱人，正体现出它的优雅与高洁。朋友取出照相机，把这美丽变成了永恒！

昔日宁静安详的百丈峰此刻嘈杂、热闹了起来，目前正在如火如荼地进行旅游开发，开挖了许多山体，使原本洁净的山间羊肠小道变得泥泞不堪。而呈现在我们面前的百丈峰云缠雾绕，若隐若现，有如传说中的蓬莱仙境。说来也奇，我们一到百丈峰，双脚刚跨出车门，天空就突然放晴啦！温暖的阳光普照百丈峰的山山水水，使这里的一切鲜活起来。我戏说，吉人自有天相，刚刚还是灰蒙蒙的天，此刻就亮敞起来了，这可是贵人驾临的吉兆，果真如此，将来我可是一个很好的佐证！朋友欣慰地笑了！

登山之路经过修缮好了许多。到处是一派生机盎然的景象，许多不知名的树木吐出了细嫩碧绿的新叶，映山红也迎着这春天的脚步绽放出细小的花蕾，各种鸟儿的吟唱声在这宁静的山野里显得特别清脆悦耳，不时还传来潺潺的水流声。这自然的天籁似乎在告诉人们，春天来了，绿色来了，生命活跃起来了！

朋友对蕨很感兴趣，它布满了山道的两边。蕨是一种一年生草本植物，有许多种类，只可惜我们所见到的是不可食用的一种，它细嫩的枝条已经有二三十厘米长，尽管它的外表不是十分雅观，但它毛茸茸而又卷曲多姿的形态让人好奇。朋友采摘了一些，拼插在矿泉水瓶子里，居然也构成了一幅多彩的图画。

沿着新修建的踏步拾级而上，没走几步已是大汗淋漓，气喘吁吁，此刻我们方如梦初醒，后悔没有做好充分准备，穿多了衣服。在这空旷的山里，我们大声叫吼，回声清晰可闻。

到了半山腰，距山顶尚有一段距离。朋友说，留点遗憾吧！下次再来。美好的东西总是伴随着遗憾，我怅然若失，山顶最美的风景一定期待着君再来！

已是晌午时间，顿感饥肠辘辘，吃饭的时间到了。

我在心里说，百丈峰你是美丽醉人的，我们还会再来！

泳趣

北湖，环境优雅，三面环山，水面平静、水质清澈，可称得上一个游泳的好去处。傍晚时分，与北湖水库相邻的北湖公园，茵茵的草地，茂密的山林，在太阳余晖的映照下，更彰显其生命的活力和特有的恬静。矗立于蓝天碧水间的听湖楼，与北湖交相辉映，充分展现出现代都市的气息，体现现代文明与大自然的有机协调。湖边镌刻的带有浓厚感情色彩的美文《我对母亲湖如是说》，则营造了北湖浓郁的文化氛围。自然与文明的相互融合，产生了一种全新的意境。

下班之后，邀上几个同伴来到北湖，选择我们自认为较理想的地方下水。由于地势较高，又不知水的深浅，跳水之

时，总是忐忑不安，一位同伴倒是胆大，毫无顾忌地纵身跳入水中。

"你不怕碰到头和脚吗？"

"我一看水面就知它的深浅。"

原来他是心中有数，才敢勇敢入水，并不是盲目的胆大。跳水的时候稍不注意，要么肚皮被水击打得很痛，要么鼻子呛进水，酸酸的怪难受。但是跳了几次之后，你就会总结出经验，再也不会受肚皮之痛和鼻酸之苦。实践出真知，通过实践，我们可以感悟和认识到原本不知或不完全知的许多东西。

没有经过专门训练的我们，完全靠在实践中摸索游泳的技巧：或蛙泳或自由泳或仰泳，我和一位同伴开始了比赛。

"你这是什么怪招，像鱼一样，如此之快。"

"我这是'侧泳',游泳书上找不到,是我在实践中摸索出来的。"

每当游到水中央,身体劳累之时,做个深呼吸,全身不用动,仰躺于水面上。仰望蓝天,顿时你会感到宇宙之大,无边无际、奥妙无穷;又觉它似个圆球,有边有际,伸手可触。四周清静无比,没有了喧嚣,没有了繁杂,大脑清醒,思绪万千。此时,再默诵毛主席诗词"不管风吹浪打,胜似闲庭信步",尽管北湖没有风吹,也没有浪打,但你确能得到一个好心情。

以前从没有很好地观察过太阳落山的情景。而此时仰躺于水面,你即刻会发觉,日落西山的太阳是那样美丽迷人,红红的、圆圆的。虽不如午时的太阳有威力,但更清晰、更动人,好像经过一天的锻造,成熟了许多,丰富了许多。落日的余晖映照在水面,粼粼的碧波泛起鲜红的一片,晶莹透彻、闪闪发光、耀眼迷人。过了一会儿,你会发觉刚刚离仰天岗山顶尚有三四米高的太阳,顷刻间只有不到一米了,再过一会儿就只剩下半个圆,或完全没有了。我真想展开腾飞的翅膀,即刻飞上仰天岗山顶去触摸那美丽而又火红的太阳!去抓住那流逝的时光!

雨游北湖,则更有趣。原本清晰可见的山脉,变得朦朦胧胧，远远望去像一幅浓浓的水墨画卷。在微风的吹拂下，水面泛起一阵涟漪。霏霏细雨落在水面上，跳起许许多多晶莹明亮的小水珠。万籁俱寂，只有雨水打在水面潺潺的声音，像在告诉人们时间在一分一秒地流逝。

岸上的柳树在雨水的击打下，显得软弱无力，一个个垂头丧气，远不如山间的松树，不管风吹雨打，仍然是昂首挺胸，苍劲挺拔。我纵身跃入北湖，畅游其间，任凭雨水击打在我的脸上，尽情享受着雨游北湖的乐趣。

桂黔学习考察记

前些时候去了一趟广西、贵州考察学习，一路上有些感触和收获，今形成文字，以飨读者。

热闹的南宁

我怎么也不会想到一个边陲城市的夜市会如此繁华和热闹。我们到达南宁的时候已是晚上九点多，在宾馆稍作休整，大家提出到街上走走看看，那时已经快十点了。

沿中山路行走，整条街灯火通明，人声鼎沸，密密麻麻的人在大街上川流不息，那场景犹如上海的南京路。所有门店都顾客盈门、生意兴隆，这么晚并无关门停业的迹象。人行道上布满了各色各样的小摊点，主要是少数民族饰品、小五金、日常生活用品等小商品，丰富多彩、琳琅满目，还有指甲剪、钥匙扣、掏耳勺等多种商品，5元、10元一包，既精美、又便宜，它吸引着人们的眼球，挑起人们的购买欲。看着这实用而又漂亮的小商品，我也有些动心。

在这热闹而又拥挤的街头，我们同行的数人稍不留神就失散了，只好在原地等待和打电话联系。看着这热闹而又繁华的南宁街市，大家"喜欢思考和议论"的习惯和秉性又来了。

"南宁的夜市真热闹。"

"我们要学习南宁，应该也允许一些小商品在街头自由买卖。""要下大力气培育新余的夜市，丰富新余人的夜生活。"

在中山南路小吃一条街，大家一边高谈阔论，一边品尝着这里丰富而又具地方民族特色的小吃。

在南宁期间，新余在南宁工作的一群后生接待了我们。他们大都在自治区党委、政府等部门工作，也大多担任了一些行政职务。风华正茂、朝气蓬勃而又博学多才、谈吐优雅稳健的这群后生，让我们心生羡慕和骄傲。在与他们的交谈中，使我们对"热闹的南宁"更多了一些理解。

南宁的名字取自元代，体现了当时的统治者寄望于"南疆安宁"之意。南宁古称邕州，是一个以壮族为主的多民族聚居地，得天独厚的自然条件，令南宁满城皆绿，四季常青，从而形成了今天"青山环城、碧水绕城、绿树融城"的城市风格。

南宁有许多城市名片：全国文明城市、联合国人居奖、中国绿城、广西北部湾经济区核心城市、中国—东盟博览会永久举办地、南宁国际民歌艺术节等。南宁人依托中国—东盟合作枢纽城市这一优势，提出构建区域性国际城市的目标，加快建设中国—东盟区域性物流基地、加工制造基地、商贸基地和交通枢纽中心、信息交流中心、金融中心。今天的南宁各项事业欣欣向荣，人民安居乐业。

我们深深感受到，这群年轻人对自己的事业充满热爱，对自己工作和生活的城市充满信心。

噢——巴马

在巴马的大街小巷及各种宣传画册上，都会看到这样一句宣传口号：噢——巴马！我们很理解巴马人的良苦用心，把自己的地名与美国前总统的名字巧妙结合，既宣传了自己，又留给人们想象的空间，谁听到都会会心地一笑。

巴马是世界五大长寿之乡中百岁老人分布率最高的地区，被誉为"世界长寿之乡·中国人瑞圣地"。1991年11月，在国际自然医学会第13次会议上，巴马被命名为"世界长寿之乡"，2003年11月，国际自然医学会授予巴马"世界长寿之乡"证书。巴马人利用这一品牌，大力发展旅游业，吸引了四方来客。

当地政协的同志告诉我们，巴马只有27万人口，而百岁以上的老人就有75个，比例居世界长寿乡之首。巴马县城很小，甚至建设银行、交通银行都没有，同行的人都说还不如我们的罗坊镇。巴马县城虽小，但很是精美，尤以坐落于城中心的文化广场，整洁而又热闹。每当夜幕降临，四面八方的人们汇集在这里，载歌载舞、说拉弹唱，显现出长寿乡欢乐祥和、幸福安康的景象。

巴马的长寿之村是巴盘屯。从巴马到巴盘要两个多小时

的车程，一路上有许多漂亮的民宅和旅馆。当地人说，每年都会有许多外地人来此度假，有些还在此购置了房产长期居住，享受这里独特的气候和清新的空气，人们把这些人形容为"候鸟人"。

巴盘居住的大多是壮族，有110户人家、515人，但百岁以上的老人就有7人。巴盘背靠大山、面朝盘阳河，坐落在一个山沟里，良好的植被和独特的地理位置造就了巴盘清新宜人的气候，那湍急的盘阳河水清澈见底。当地政协的朋友说，这水含碳酸钙略带碱性，山好、水好、空气好，以及良好的心态是这里人们长寿的秘诀。可见保护好一方水土对于人类的生存是多么重要。

在巴盘我们见到了114岁的黄卜新老人，老人个头矮小、身材精瘦，但精神矍铄、思维清晰，他端坐在屋内，儿子陪坐在他的身旁，孙媳则忙于她的小摊生意，对我们的到来他报以微笑。我们以最虔诚的心对他表示问候，并一一握手和合影留念。按照当地人的说法，我们向老人献上一个10元的红包，太多了会影响老人长寿的心态。老人的孙媳给我们介绍，老人的生活很是简朴，一日三餐粗茶淡饭。

尽管巴盘有着优美的自然环境和独特的地理优势，却没有留给我们太多好的印象。受经济利益的驱动，许多个人和公司见缝插针在此大兴土木，建了许多房屋，或出租或出售，据说这里的房屋已经卖到了每平方米四五千元。无序的开发、杂乱的建筑，使得整个巴盘显得很是拥挤和凌乱，没有了长寿之乡应有的宁静、自然、质朴的风貌，让人们生出许多的无奈。我想这也正是我们在开发和建设过程中应该认真思考和引以为戒的关键所在。

壮美的黄果树瀑布

黄果树瀑布驰名中外，我似乎很小就在课本里看过，给我印象最深的还是黄果树香烟上印着的瀑布图案。

我们是晚上到达贵阳的，当地政协为我们请的导游是一个尚未毕业的少数民族女大学生，显得很是稚嫩和天真。她的业务不是很熟，不像一些老导游口若悬河、滔滔不绝。她似乎是从书本上贩来了一些东西，缺少韵味地给我们讲着，显得很干巴。尽管如此，我还是从她的介绍中得到了一些信息，了解了一些贵州的风土人情。

她说，到贵州主要是参与"五个一"，即：品一口酒（茅台酒）、探一个洞（织金洞）、吃一条鱼（乌江鱼）、看一个寨、观一栋楼（遵义会址）。她还说，贵州有八怪：树皮当药卖、天麻越丑越好卖、草根是盘菜、无辣不成菜、

老太太爬山比车快、厕所随身带、三个老鼠一麻袋、石片切成瓦来盖。

黄果树瀑布果然名不虚传。当天天气晴好，又逢周末，来的游人特多，用游人如织、摩肩接踵来形容是最恰当不过了。如此多的游人一定会为景区带来不菲的收入，旅游景区发展到这步应该是非常成功的了。

沿石阶而下，未见瀑布先闻其声，"哗哗"的水声自远处飘来，渐近渐响。大家焦急地想一睹其芳容，不由得加快了脚步。一路上许多有利位置都被好奇的人们占满了，到

处是排队等候照相的人们。到达谷底，壮美而又雄奇的瀑布
呈现在我们面前，那有如自天而降的水在这独特的地势里，
形成了一个宽约101米、高约78米的瀑布，川流不息、昼夜
不止。倾泻而下的水击打着岩面和潭水，发出如雷的轰鸣，
山回谷应，有如一曲雄壮的乐章，尽管人声鼎沸，我们仍感
觉到它的强劲和生生不息的活力。瀑水激出的水花雨雾腾空
而上，随风飘飞、漫天浮游，周围的物体朦朦胧胧、若隐若
现，有如童话般的世界。

　　远远望见瀑布后隐隐约约有穿行的人群。据说，那是为

满足人们的好奇心，在形成瀑布的山体里开挖的一个"水帘洞"，人们可以从瀑布后穿行而过，享受"水帘洞"给人们带来的奇特感受。我不知这一行为是否会使这一宝贵的自然美景遭到破坏，望着这"遥远"的路程，还要爬山登阶，同行的有些人还是想去，但终因时间问题，打消了这一念头。

酒香茅台镇

茅台镇是茅台酒的故乡。它位于仁怀市赤水河畔，群山环峙，地势险要，是川黔水陆交通的咽喉要地。1935年中国工农红军长征在茅台镇及其附近三渡赤水，写下了中国革命史上的壮丽诗篇。茅台镇集厚重的古盐文化、灿烂的长征文化和神秘的酒文化于一体，被誉为"中国第一酒镇"。茅台镇地处河谷，风速小，十分有利于酿造茅台酒微生物的栖息和繁殖，加之赤水河水质纯洁清甜并含少量矿物质，独特的地理位置为茅台酒的生产创造了得天独厚的条件。

走进茅台镇，你即刻会感觉一股酒香扑鼻而来，空气里弥漫着一种醇厚而又浓郁的酒香。造酒的厂、卖酒的店、与酒有关的一切材料和设施布满了这个镇子。当地人说，这里家家酿酒、户户卖酒，整个茅台镇有几百家酒厂，生产上千个品种的酒。汽车不停地在镇里穿梭和行驶，据说，这都是在运送与酒有关的原材料，它使得整个镇子尘土飞扬，似乎全镇都处在躁动和忙碌当中，全没有一个偏远地区所固有的宁静和安详。人们说，这都是"这瓶茅台酒"带来的效应。

在茅台酒文化博物馆，丰富的历史资料和图片，让我们深切感受到茅台酒曾给国家和民族带来的荣耀，也深刻感受到老一辈人创业的艰辛和对民族工业发展所做的贡献。今天茅台酒的辉煌更让人们骄傲和自豪！我们这一代人有责任把它维系好、发展好，让这一民族品牌永放光芒！

神圣的遵义城

我从小就耳闻目染，这是一个神圣的地方。因为它在中国革命历史上的特殊地位，因为遵义会议曾在这里召开，因为中国革命从这里走上了正确的道路，人们敬仰它，历代共产党人怀念它。

尽管以前从教科书里，从报纸、电视里无数次地看过遵义会议会址楼，但此刻我第一次来到这里，身临其境，仍然按捺不住内心的激动。它是那么的熟悉，那么的亲切，那么的让人敬仰，那么的让人浮想联翩。遵义会议纪念馆是免费参观的，你只要凭身份证就可以领到参观券。出于保护的原因，会址楼已经停止入内参观了，人们只能从远处眺望。这

是一个中西合璧的两层建筑，坐北朝南，为曲尺形，砖木结构，歇山式屋顶，上盖小青瓦，原为黔军25军第二师师长柏辉章的私人官邸，修建于20世纪30年代初。在会址楼的西侧是毛泽东诗词《七律·长征》碑刻，诗文气势磅礴，字体遒劲有力，让人们从中体会到红军长征的壮举。

陈列馆内有着详尽的史料，内容分战略转移、遵义会议、四渡赤水、胜利会师、永放光芒五个部分。讲解员深情的讲解，让我们激情澎湃，思绪似乎回到了那战火纷飞的战争年代：险恶的环境、紧迫的军情、艰苦的条件、激烈的争论。大家触景生情，纷纷根据自己对历史的了解发表看法，共同发出了一个感叹——中国共产党人真伟大！

　　参观结束后，我的思绪仍不能平静。我在想，无论何时何地，无论是革命战争还是治国理政，一个正确的领导是何等重要！一条正确的道路是何等重要！坚定而又崇高的理想信念是何等重要！艰苦奋斗的精神是何等重要！

和乡亲们聊天

我有近两个月没有回老家了，心里惦念着在家乡的老母亲，趁休息日回到了家乡。

天气很好，温度虽有些高，但人感觉已不是那么热了，用秋高气爽来形容很是恰当。母亲说家里积攒了些鸡蛋，一直等着我回家拿。早晨打电话，想告诉母亲我要回家，电话一直没人接。后来才知道，天一亮母亲就到山上扒柴去了，扒了许多的松毛。母亲年岁高了，没力气挑回家，那柴一直放在山里。母亲说，早晨天气凉快，做点事再回来吃早饭，很是舒坦。

正值花生收获季节，邻居们觉得我家背后的几棵樟树下是纳凉的好地方，于是三五成群地聚集于此摘花生。树荫下、草坪上，微风徐徐、树叶沙沙，乡亲们一边劳动一边说笑，欢快之情溢于言表，老百姓快乐劳动的生活画面得以展现。

我拿了些水果分给乡亲们吃，找了个小凳子坐下，和乡亲们聊起了家常。

在摘花生的乡亲中，有两个60多岁的大娘。大娘告诉我，他们是别人请来帮忙摘花生的，60元一天，每天做8小时。雇主家的女主人生了孩子，住到娘家去了，四亩多地的花生扯了起来，一直在地里晾晒，没有人手摘，只好请人了。交谈中我了解到，今年的花生跌价了，只有两元五毛钱一斤，较之去年跌了一元。这家人四亩多地可以收上一千多斤花生，算算也就能卖三千多元，除去成本和人工费，所剩就不多了。

摘花生的大娘对我说，这家的男主人原来是游手好闲、不愿做事的，自从娶妻生子以后，走上正道，安心种田了。用他自己的话说："看到自己的一双儿女，做事有劲多了！"平常他的妻子带着两个孩子住在娘家，他一人种了十几亩田，还有几亩地。他每天起早贪黑，拼死拼活，为的就是养家糊口，抚育后人。

男主人从地里挑花生走了过来。见我谈兴很浓，干脆停下了手中的事，坐在草坪上滔滔不绝。他说，种田赚不到钱，一年到头也就只能管这张嘴巴。尽管国家政策好，种田不要任何费用，还有补贴，但受规模限制，小打小闹，没有出路。他是高中毕业生，有些自己的思考和见解。

他继续告诉我，董家这边的土地含硒，硒是人体必需的微量元素。有一个老板在这里种了近千亩富硒水稻，田是从我们村和附近村以每亩300元租的，平常村里许多人也在他那里做工。据说，他种的富硒大米可以卖十几元一斤，而我们种出来的大米只能卖两元多一斤，差距很大。农业的出路在于规模和品牌。我觉得他说的话有些道理。

在一边摘花生的大娘插话说："现在的年轻人都不愿种田，大多数都外出务工去了，村里剩下的都是老人。我和老头子都是快70岁的人了，还种了十亩多田、几亩地，儿子、儿媳出去务工了，两个孙子丢给我照管。"

我问："你家一年能积攒两万元钱吗？"大娘回答道："没这么多哟！一年下来能积攒一万元就不错了。我十亩多田一年也就收一万五千多斤稻谷，留下吃的也就只能卖一万多元，加上地里花生、芝麻等收入，一年到头的总收入也只有两万多元。老头子抽烟喝酒花费不少，我每次去街上都要给他买烟买酒，一条烟二十几元，他两餐要喝一瓶啤酒也几元钱。两个孙子要读书吃饭，尽管他们父母会拿点钱回来，但我们也基本不会用他们的。"

母亲在厨房里忙了一上午，把饭做好了。摘花生的大娘说："到时间了，我们也该'下班'了。"

和乡亲们聊天，使我深刻地感受到农民劳作的艰辛，但又感动于乡亲们在光荣地劳动着，幸福快乐地追求着！

母亲病了

　　母亲83岁，在我的记忆里，她是第一次生病住院。母亲也说，这是她自"出娘肚皮"以来头一次住医院，还是住这么好的医院。

　　母亲的身体一直很好，耳聪目明，身子骨非常硬朗，走路稳健快捷，用村子里乡亲们的话说是"咚咚叫"。我每次回老家，村里乡亲总会玩笑地对我说："你娘'恰嘎'（真棒），田东村的哪个山旮旯里她都'逛'遍啦！"

　　我知道，闲来无事母亲喜欢到山里走走，拾柴、找蘑菇、摘金银花、捡茶籽等等。有时母亲还会在我面前"炫耀"，她拾的蘑菇卖了几十元，摘的金银花又卖了多少钱，捡的茶籽榨了几多油等等。

我劝她少到山里去，要留神别跌倒。

她回答我："总不能坐着吃嘞！能动就动一下呗！多少总可以减轻你们一点负担咯！"

母亲从未进过学校的门，但她脑子里装了许多富含哲理的农村谚语并时常脱口而出。

母亲的饮食很好，一餐可以吃两三碗饭，村里一些较母亲年轻的人都说没她吃得多，但一直以来母亲吃的都是粗茶淡饭。说到这些，母亲是毫不讳言的。

"饭我是吃得。不会吃哪里会做噢？"

"有句古话：'人是铁，饭是钢'。"

母亲这次病，就是中午坐在家门口吃第二碗饭的时候发生的。母亲对我说，上午去山里捡了几根柴回来，中午还做了饭，吃第一碗饭时好好的，吃第二碗饭时手不听使唤，饭碗"哐当"一声掉在地上，碗碎了，人也滑倒在了地上。是

邻居第一时间听到了碗掉在地上的声音，跑过来看个究竟才发现的。

看到母亲瘫坐在地上，目光呆滞、两眼发直，邻居有些紧张，提出要马上给我打电话。母亲摆摆手，轻声地说："不要打电话给我崽，他这么远，我休息一下就会好的。"好在邻居第一时间给我来了电话，及时送母亲去了医院，否则不知会产生怎样的后果。

事后，母亲也说："这次真是多谢人家火英。俗话说得没错'远亲不如近邻，近邻不如屋里人'"。母亲再三叮嘱我，一定要好好多谢人家！

我是中午时接到电话的，心情紧张自不必说，行为举止也有些慌乱，我不敢想象平常健康硬朗的母亲，如今瘫坐在地上成了什么样子。

母亲开始是被送到镇卫生院，量了血压，输了一瓶液，医生建议马上送城里的市医院。我是在去市医院的路上见到母亲的，护士高举着吊瓶，母亲仰躺在车上，姐姐抱着她。

我轻轻地叫了一声："娘！"

母亲抬头看了一下我，说："你回来啦？这次恐怕啰唆哟。尿也拉在身上了。"

见此情景，我的眼泪夺眶而出，不知用什么话来安慰她。医院诊断母亲得的病是脑梗，通俗一点说，就是脑袋里有一根血管被堵塞了。母亲躺在病床上，不断地问这问那："还有治吗？""会残疾吗？""如果治不好就回去，省得浪费钱。"我只好不厌其烦地向她解释。

母亲的一只脚已不能下地，一只手也没力气抬起。吃饭时她的手已不听使唤，饭粒散落在身上和床上，似小孩子般，看了让人心痛。母亲上厕所也很是费力，她紧紧地依在我身上，我则一手高举吊瓶，一手拦腰抱住她，慢慢地移动。

母亲说："你就在外面等吧！"

我说："这个样子你一人怎么行呢？何况还要举着一个吊瓶。"她有些无奈，于是一切听我的。

记忆里这是我第一次和母亲同处一个厕所里，她很是艰难的样子，在我帮母亲系好裤子的那一刻，我明显感觉到母亲有一万个不情愿，嘴里不停地念叨："好好的一个人，怎么突然间会这样？"我有些百感交集！孩童时代，母亲不知多少次和我同处一个厕所，也不知帮我系过多少次裤子，只是我自己不知道、觉得理所应当而已。

母亲躺在病床上，不停地向我交代一些事情：家里的鸡要请人照看、还有多少钱藏在哪里、村里哪个人借了她10个鸡蛋、你小妹可怜要多关照一下她等。母亲还说："这次病还不晓得能不能回去？"我终于懂得了母亲的意思，三番五次地劝说她不要乱想。

到了晚上，母亲不停地催促我要回老家去一下。我对她十分不放心，母亲说："这里有你姐照顾就可以了！你要回家去把家里的门锁好，安排一下邻居帮忙照看鸡，把藏的钱放在你身上保管。"母亲想得很细致，安排事情也很有条理。这让我想起了母亲经常说的一句话："吃不穷、用不穷，不会划算就一世穷。"

母亲会"划算"是受到村里不少人夸赞的。

我拗不过母亲，只好按照她的吩咐回老家。老天似乎在考验着我，一路上雷鸣电闪、大雨倾盆，使我本已焦虑的心情更是杂乱。夜已深了，村里的人早已入睡，外面漆黑一团，乡村的寂静，让我感觉整个世界似乎停止了转动，田野里的蛙和虫儿们的鸣唱倒是热闹，远处偶尔也有几声狗吠，我感到从未有过的孤独。

进得家门，想起往日每次回老家母亲总是在家门口笑脸相迎，热饭热菜地招待我，心里不禁怅然若失，忍不住眼泪又在眶里打转。这一夜我辗转反侧，彻夜未眠。

几天后，母亲的病趋于稳定并有了好转。考虑到便于照顾，我把母亲转到了新余的医院。新余医院的条件之好出乎我的预料。母亲也说，新余医院的条件比丰城好多了，她从没有住过17楼这么高，也从没有住过这么好的地方，既干净卫生，又有热水、空调，还有微波炉热饭菜。母亲说这些的时候，表情灿烂，好自豪的感觉。

和母亲住同一房间的是一个瘫痪了的老人，她的老伴在病房里照顾，还雇请了一个护工。不几天，母亲对一切情况了解得一清二楚，并一一向我"汇报"：这个瘫痪了的老人是个老师，她老伴也是在哪个公司上班的，他们有一儿三女，请的护工要100元钱一天等等。

根据了解的情况，母亲还会发表些评论：听说那老人的儿子在武汉工作，但从没看到过他来看她，她的女儿时常会来看看，真正的照顾还是靠她老伴和那个护工。俗话说："少年夫妻老来伴。"夫妻间相互照顾很重要。

母亲对那个护工很是推崇，和她的关系也处得特别好。母亲称赞她脾气好又吃得苦，无论是白天黑夜，还是端屎端尿，随叫随到也不嫌弃，还会不时地和病人聊天，哄病人开心。母亲说："现实中自己的儿女都难有这么好哟！"

当我们不在的时候，这个护工还会帮忙照顾母亲，帮助热饭菜，搀扶母亲上厕所。母亲要我好好感谢人家，适当给她拿些钱和东西。我照母亲说的话做了。

医院护士很是细致和热情。每次帮母亲打针，护士们总是面带微笑，像哄孩子般："婆婆打针啦！""婆婆你看上去就只有六十多岁哟！"母亲每每听到这些总会喜笑颜开地说："还六十，我都八十三了！""我在家养了十几只鸡，多的时候每天可以捡十几个蛋哟！我还种了不少菜呢！"

母亲还会发表一些议论："那个护士人长得好又和气，可以落个好人家，找个好老公。"我在一旁看到母亲高兴，心情也舒坦了许多。都说人老了像小孩子，我在母亲身上得到了验证。

母亲住院期间，我陪她在医院的食堂吃了好几次饭，每次都很是满意。尤其让我注目的是饭厅墙上和窗口写的一些词语："米粒虽小然不易，莫把辛苦当儿戏。""饮食文化请从窗口文明做起。""均衡饮食带来健康身体，乐观心态带来美丽人生。"

细微之处见真章，几句话让我们体会到了管理者的良苦用心。我赞赏医院的这个小食堂在为人们提供物质营养的同时，也在为人们提供精神营养。

而在医院的电梯里发生的一些事至今仍影响和感动着我。我常推着母亲楼上楼下做各种检查，但每次上下电梯都会在电梯口碰到些麻烦，使推车不能动弹。每当这时，总会有人主动伸手帮助我，让推车平稳地上下。而让我最为感动的一次则是，当时电梯里的人已很多了，我推着母亲进去了一半，是一个中年男子主动出来帮忙，招呼大家说："大家请靠边些，让老人家上来！"我向那男子投以感激的目光，感动而又自然地说："我们新余人真好！真热情！"全电梯的人报以微笑！

母亲在医院住了近半个月，病情有了极大好转，可以自主行走了。母亲很关心她看病用了多少钱，怕增加我的负担。我告诉母亲："没有用多少钱，何况国家还可以帮你报销近一半的医药费呢！"母亲自言自语地说："如今的社会还真好！"

娘出院以后在我家住了一些时间，但她惦记着老家的鸡和菜地，吵着要回去，我遵从了母亲的意愿。母亲吩咐我回老家之前要帮她买些东西填人情（感谢的意思），有帮照顾鸡的、有帮看屋的，还有帮她打电话的，母亲想得很是周到。一路上，母亲归心似箭，嘴里不停地叨念着："不晓得屋里这么久没人住乱成了什么样子？""菜地里的草可能长满了！""鸡生的蛋都捡到了没有？"

知道了母亲回家，姐姐、姐夫，妹妹、妹夫都来了，乡亲们也围拢了过来，屋子里一下子聚满了人。他们问长问短、讲东谈西，似有说不完的话，更多的还是问母亲的病情。

"你治好了吗？""你这是福气好，生得儿好嘞！"

母亲回答说："那是！'养儿防老，积谷防饥'嘞！老了不靠儿靠谁哟！"

母亲还当场走路给乡亲们看。又说："好是好多了，但大不如以前了！"

"你还想这么好的事。这已经不简单了，那个村的那个谁不也得了这个病，现在不是困在床上耶？"乡亲们七嘴八舌地说着。

听到这些，母亲会心地笑了，很幸福的样子。

兄弟姊妹们一起陪母亲吃了中饭。饭后大家都想回去，我提出今晚要留下一个人来陪母亲。姊妹们个个面有难色，有要回去带孙子的、有要回去带外甥的，还有的买了辣椒秧要回去栽的，大家都有难处。

母亲说："'乖乖女路遥遥，丑媳妇守床头'，农村是这样子的，不能长期靠儿女，都有一个家，事多，你们都回去吧！不用担心。"

我把目光投向了11岁的外甥，他是母亲一手带大的，平常也最喜欢来外婆家。他的父母也说可以，反正是周末，不用上学。听说要留他下来，他愣了半天，说出了两个字："我不！"随之掉头就往外跑。

这一场景让母亲有些失望和伤心："人是带不亲咯！老话说得没错'外孙是只狗，吃了跳咪（摇尾巴）走！'"母亲似笑似嗔地说。

我留下成了唯一的选择。这一晚我陪母亲说了许久话，把能想到的、做到的都说到做好。"每天按时吃药，不要到山里去捡柴，上街去要结伴……"母亲很听我的话，像小孩子般不断地点头称是。我又托付了邻居几句，还叮嘱了姊妹们。

"百善孝为先！"我真不忍心把还有病的母亲一人留在家里。可我要上班赚钱养家糊口，如之奈何！生活的现实使我成天"一心挂几头"，经常电话问候母亲是我必做的事。

欣慰的是母亲的病恢复得很好，又可以去上街和做一些农事了。

写这篇文章的时候，刚和母亲通了电话。电话那头的母亲告诉我，她在锄地，准备种豆子了！

匠人

　　结识了胡师傅、李师傅，他们纯正的思想和朴实的情感让我有些触动。一直想写篇文章让更多的人认识和了解他们，继而了解他们这个群体的思想和生活现状。

　　胡师傅、李师傅都是水西人，中等个子、50岁左右年纪，胡师傅是泥工，李师傅是油漆工、是胡师傅的大舅，年龄稍长一点。

　　认识两位师傅缘于老家房子的装修。我在老家有两间老屋，有近百年的历史，还是土砖砌的，大自然的风蚀雨淋使它成了危房。在兄弟姐妹的"怂恿"和帮助下，选了一块新地基盖了一幢两层的楼房。盖房子找的是老家农村的泥工，

而房子的粉刷和装修则找的是胡师傅和李师傅。

老家的泥工要价比新余城里的还高是我没有想到的。不仅如此，老家的泥工还要天天供饭，顿顿有荤腥。按老家的习俗，泥工是有手艺的人，是匠人，是备受人尊敬的，按时髦的说法，老家的泥工那是卖方市场。母亲年事已高，不能天天做这么多人的饭，很难满足这样的要求。

李师傅是在我邻居家做装修时，我无意中找到他的。交谈后得知，他的要价比我老家的匠人要低，还没有提出东家天天供饭的要求，我暗自"窃喜"。李师傅叫上了胡师傅，带着铺盖，还带上了电饭煲等一切生活用品去了我的老家。

母亲知道我要带人回来，早早地做了充分的准备，还杀了一只鸡。母亲说，人家是匠人，初次进门要热情周到，这样人家做事才会上心，不要让人家留下话柄。母亲的热情似乎让他们有受宠若惊的感觉，他们长期在城里做事，或许城里人是很难让他们体会到这种热情和尊重的。他们只重复着说："孔师傅你放心，我们一定会认真把事做好的！""孔师傅你安心去上班！你只要交代清楚了，我们就一定会按你的要求做的！"

中饭过后，他们就开始做事了。我对他们说："中午也不休息一下吗？"

"我们做事的人还有什么午休？要抓紧时间，新余还有好些人家在等着我们做事。"

胡师傅开始拌水泥，李师傅安排他的徒弟去乡镇的集市上购买米、油、盐，他自己则在准备晚上睡觉的铺盖。

母亲说："不要这么急着去买米，晚上就在我家一起吃。"

"总吃你们的不好意思，反正要买的。"

李师傅找了一个房间，拿了些包装瓷板的纸壳在地下铺着，放上被子算是把睡觉的地方安排好了。

"不能就这样睡在地下吧！"母亲很动情地对他说。

"不要紧的，这被子一边垫一边盖，我们搞装修的经常是这样睡在没有装修好的房子里的。"

毕竟是到了立冬时节，天气转凉了，房子没装修好，门窗还透着风呢！

我对母亲说："娘，去家里拿些稻草，再找两床垫被给人家吧！那透风的窗子，我找了些纸壳一会儿给蒙上。"

就这样我把一切都交给了两位师傅，我回新余上班了，中途只回去了一趟，平常就靠电话联系了。

母亲会经常在电话里向我"汇报"一些情况："你新余请的这几个匠人真'恰嘎'，吃得苦，做事上心，人又和气，不像我们这里的匠人架子大。"母亲继续对我说："人家硬是天天做到晚上十点多，有时我睡一觉起来看到房子里还亮着灯，他们还会帮着我提水。"

母亲再三叮嘱我："我不管你谈的多少价钱，但你不要亏待人家哈！"

我不知道是自己运气好，请了两个好师傅，还是因为城市里劳工的竞争逼成了他们如此良好的秉性。

李师傅、胡师傅也会向我诉苦："孔师傅，你家里风景是好，空气也好，水也甜；你妈妈对我们照顾也很周到，有时看到我们做事来不及做饭，她还会帮我们做好饭，但就是住在这里好难过哟！上个街要走这么远，白天做事还好些，到了晚上你这里真是好静呀！就听到狗叫声和田里的虫子声，又没电视看，只好做事，累了倒头便睡。"

李师傅继续对我说："孔师傅，我们半个多月都没洗澡了，身上都臭了。我们两个年纪大的还好些，可怜了我的那个年轻的徒弟，他有时受不了吵着要回去。在这里，除了我，他不认识别人，没有人说话，没有人玩，想打个电话和朋友聊天又是长途加漫游，唯一的乐趣就是拿手机听歌，半个多月下来，手机里哪一首歌都听烂了！"

我耐心听着他们的讲述，安慰他们说："来，敬杯酒！你们辛苦啦！""快了！快了！再坚持几天！回去好好享受一下。"

看着他们那满身的泥土和开裂的手，我的内心很是伤感，我可以想象得出他们生活和劳动的艰辛。我想我真的应该牢记母亲的叮嘱："不要亏待人家！"

对于工程质量我很是满意，双方没有任何争执，我在第一时间付清了工钱，他们万般感谢！

又过了些时候，我新余房子的装修，还是请的这两位师傅。经过在老家那些时间的交流磨合，我们彼此都相互熟悉和信任了。两位师傅信誓旦旦地表态，一定会做好，也一定不会报虚价。后来我了解，他们的价钱比当时的市场行情的确要低些。我对他们充满着感激和崇敬！

他们在新余做事，我有了更多的时间和机会接触了解他们，有时我还会请他们到饭店里小吃一餐。李师傅的酒量要比胡师傅的酒量大些，酒过三巡、菜过五味之后，他们会滔滔不绝地说一些家里和做工时遇到的事。

李师傅有两个孩子，一儿一女，女儿在九江读财校，儿子还在念中学，因为没有了土地，全家人就靠他做工赚钱，每年解决孩子读书的费用是他的头等大事。他对我说，事是不愁没的做，就是天天和油漆打交道，身体有些受不了。

胡师傅自小没了父亲，是母亲把他们兄弟抚养成人的，他从小就开始学泥瓦匠，至今有二三十年了。现在租房子住，妻子在开发区打零工，有一个儿子在读高三。儿子的事是他在我面前提得最多的，他告诉我，儿子在渝水中学读书，成绩尽管一般，但非常听话，也非常有礼貌，从不乱花钱，也不会跟不三不四的人玩，这让他很是放心。他还说准备让他去学画画，下半年去杭州进修。

我对他说："去杭州进修要花许多钱的！"

他回答："花多少钱也要去，就是累死我也要保证他的学费。"

　　这就是中国的父母亲们，不知他的儿子听到这话会做何感想！后来我听说，他儿子顺利地考进了河南的一所大学。

　　酒后胡师傅也会"豪言壮语"，说一些"骄傲而又光荣"的事迹。他说，新余有好多人家请他，手上有七八家装修的事，好些人家推都推不了，一定要等着他去做。也有好多人家对他特别好，不时请他到好餐馆吃饭，还喝一百多元钱一瓶的酒。我注意到胡师傅在谈这些的时候，脸上充满着光芒和自信！

　　他们之间也会有相互"攻击"的时候。李师傅大方些，既抽烟喝酒，也从不带饭出来吃，中午一般就是带着他的徒弟炒碗粉或炒个菜吃米饭。而胡师傅不抽烟，就喝一点酒，中午都是从家里带饭来吃，如果天气冷他就会带上电饭煲。李师傅为此经常"攻击"胡师傅："他就是晓得赚钱！"而胡师傅则会给予"反击"："不赚钱吃什么？我们不做事就没钱。"

　　这就是我接触的李师傅、胡师傅，他们勤劳做事、平安度日、赚钱养家，哺育后人。

竹山南路夜市

　　新余人的夜生活不是很丰富，新余城的夜市也不是很发达。然而，竹山南路悄然兴起的夜市，为新余城的夜生活添加了一抹亮色。

　　人们都说，发达的第三产业是一个城市繁荣和发展的象征。望着这热闹非凡、灯火通明的竹山南路，我似乎感受到了一个欣欣向荣、充满活力的新余城的雏形。深夜的竹山南路五彩斑斓的霓虹灯下打着各色各样鲜亮的广告，吸引着人们的眼球和食欲，麻辣鸭头、正宗罗坊猪仔肉、红烧鸡翅、泡菜鱼片、水煮仙女湖雄鱼等等。数十家饮食店在整条街的人行道上摆满了桌凳，乍一望去场面还真有些壮观，店主们做好了充分的准备，在等待着客人的到来，更多的则是少男少女们在此嬉笑打闹、喝酒聊天。

我是很少去吃夜宵的。一个偶然的机会，因为到了晚上九十点还没吃晚饭，几个同事异口同声地说，此时只有去竹山南路才有吃的了。店家们热情地招揽着过往的客人，客人们则东张西望、寻寻觅觅，脚步停了又走，走了又停。有熟悉店家的则直奔而去，没有熟悉的则完全靠自己的感觉，看环境、看卫生、看店里的客人多少。一路上许多店家的热情并没有留住我们的脚步，我们选择了一家看上去挺卫生，又有几桌客人的店铺坐下了。招呼我们的是一个看上去只有二十多岁的年轻女子，她态度热情、口齿伶俐，不停地为我们介绍店里的美味佳肴，她建议我们坐店里不要坐外面。

"你们不是有这么多桌凳都摆在外面吗？"一位同事说。

"外面不让坐，我们会随时往里搬。"她回答。

"外面凉快，我们就坐外面，靠墙边坐可以吧？"

她有些无可奈何。

同事们为此展开了议论："好

不容易兴起来的夜市，我们要扶持，要因势利导，不要干涉。"

"白天是不能摆，那样会影响道路畅通，晚上只要不影响交通，又摆放整齐，并搞好卫生，应该允许人家摆，再美丽的城市也是为人服务的！"一位同事很是理性地分析道。

我在想，我们应该体会到人们谋生的艰辛，体谅生意人的艰难，更要强化管理，关注城市大众的公共利益，要一切从实际出发，实事求是地加以规范和引导。

到了晚上10点多，整个一条街的客人还不是很多。那年轻女子告诉我们，这里最热闹、最火爆的时候是晚上12点以后，那场面很是壮观，车辆密密麻麻、人群摩肩接踵、喇叭声此起彼伏、吆喝声充斥于耳。

她继续对我们说："这个夜市兴起来真是很不容易哟！刚开始是没有什么生意的，是这里的店主们长期不懈地努力坚持，让市民们对这里的夜市有了习惯和印象，才能有今天的生意和人气，我们生意人很是欣慰！"

一个50多岁的中年妇女忙前忙后在为客人端菜，我们惊奇地问那年轻女子："这是你妈妈？"那妇女慌忙回答："不是的。我要有这么好的女儿就好喽！我在家里闲着没事，来这里帮忙的。"

她一边干活一边继续说："你们是不晓得哟！我们在这里做事好辛苦呀，每天要忙到凌晨三四点，回到家要四五点。老板赚点钱也不容易，有生意操心，没有生意就更操心。"

夜渐渐深了，夜市的客人在不断增多，店主们睁着双眼注视和招揽着每个过往的客人，车子还在不断涌入，把整个竹山南路的机动车道占满了。"老板，拿酒来！""老板，快点上菜！""来，干杯！"随着这一声声"豪言壮语"，热闹而又嘈杂的夜市鲜活了起来。

又过了些日子，我想我应该对这个夜市做一些更深入的调查了解，于是再一次来到了夜市。这一次比上次的时间要晚些，而且有一位朋友有熟悉的地方，那就是老刘餐馆。朋友说，他在这里吃过，菜的味道好，价格也公道。我对他说，吃东西是次要的，我今天来主要是了解一些情况，要找一个健谈的老板。利用他们点菜和上菜的间隙，我沿整条街溜达了几圈，发现各个店的生意好坏不一，有些店人满为患，老板忙得不亦乐乎，有些店则空无一人，老板东张西望，满脸的无奈，市场竞争法则在这里得以充分体现。

老刘的女儿忙前忙后，穿梭于每个桌子间，招呼客人、点菜、结账都是她，她举止大方灵活，言谈热情得体。我请她坐下来和我们聊聊，可她一直没有时间，只能利用一点空隙站着和我们说话。她告诉我，她家的餐馆已经开了8年，她是高中毕业后来帮忙的，在这里做了4年，店里生意还好，每天流水几千元钱，还雇请了6位阿姨干活，都是四五十岁的附近村民。我夸赞她说："你们不简单呀！为社会做了贡献，解决了这么多人的就业。"她笑笑说："我不懂这些大道理，我每天想的就是如何把自己的生意做好！"

她继续对我们讲，他们每天要忙到凌晨四五点，白天是不开门的，到了冬天天气冷也不摆夜市，主要靠夏、秋几个月。现在管理部门规定他们晚上10点以后可以摆出来，她认为比较合理，但就是停车问题要规划、管理好，否则就会影响交通。

方兴未艾的竹山路夜市的确需要我们更多的思考和帮助，我们应该感激这夜市解决了如此多家庭的生计，也解决了如此多人的就业。我们希望它今后更加热闹兴旺！为新余城的繁荣昌盛再添活力！

临离开前，我又想起了上次和同事们热议的话题"对这样的夜市要多加引导和扶持"，我应该为它做点什么呢？那就先写出这点东西为它做个宣传吧！

阳台上的栽种

有位老朋友常在我面前说，他每年会在家里的阳台上栽种一些辣椒，那过程很是有趣，还基本满足了家里平常的食用。我有些动心，于是询问了他一些栽种的方法，并做了许多筹备工作。

两蔸金银花是我在阳台上栽种的开始。

一位好友从永新引进了金银花在水北种植，面积达200多亩。我知道这是个好东西，每年的五一节前后我都会去野外采摘，母亲每年也会在家乡采摘，晒干后到药店卖钱，并不会忘记给我留下一些。它是上好的清热解毒的中药材，开的花小巧而又洁白可人。友人告诉我，他和合作伙伴在永新开发的基地有几千亩，加工成各种保健品，很受市场欢迎，年销售额几千万元，金银花已成为当地的主导产业。今年，他引种到渝水区的水北镇，我很是赞赏他的做法，而我也在栽种时节向他索要了两蔸。

看着这光秃秃的枝干，树根上没有一点泥土，我有些怀疑它是否能成活。于是，我到大院的花圃里购了两个花钵，还特意在大院的树底下弄了一些肥沃的泥土，雨水时节把它栽种了。之后好些时间它没有动静，就这么在阳台上待着。我想它应该要有阳光雨露滋润的，于是又想起了要在阳台外搭个花篮，花一百多元搭起的不锈钢花篮让它有了重见天日之机。犹如鸟儿挣脱了牢笼获得了些许自由，它应该是高兴的。尽管它不能用语言和我交流，但我的确感受和体会到了它的快慰。自然界的风霜雪雨会让它历练成长的。

又过了些时间，到了清明节前后。突然有一天，它有了动静，一丁点绿色从树丫边透了出来。是时候了，春天赋予了自然界一切生命的成长。自然界的神奇也在于此，到了时节该发生什么就会发生什么。此前它的"静"其实也是"动"，它一直在为此刻生命的涌动而蕴蓄。

它生长的迅速出乎我的意料，一个嫩芽冒出来、一张叶片展开来、一条枝条伸出来，只要耐着性儿观察，每天都会有新的色泽和新的姿态勾起你的欢喜。到了谷雨时节，我感觉它的枝藤需要找依靠和支撑了。于是在花盆里插了一根铁丝，花了许多精力想把它往铁丝上扭，可是它怎样也不听使唤，甚至要把枝藤折断了，只好作罢。第二天清晨我惊奇地发现，它竟然自动往上卷藤了，再往后把整个铁丝占满了，远的近的枝藤似乎长了眼睛似的都向这根铁丝上靠。我突然想到人类好些行为的幼稚和多余，有所为有所不为才是我们正确的选择。

再后来，短小的铁丝已不能满足它的需求，我又把铁丝接到了阳台的顶端。最后，它的枝蔓已经长到了阳台的顶部，修长而又娇小的金银花蕾布满了枝条，两根铁丝犹如绿色的链条，好一幅欣欣向荣而又繁茂的景象。

我对妻子说："看我的金银花长得多茂盛！"

"金银花好贱的。"

她的回答让我有些泄气，似乎我的悉心照料和辛劳是多余的。

而我仍然是快慰的，整个过程让我读透了一种植物的生活史，较之从花店里直接购几盆花来往屋子里一放，更能体会到栽种花草真实的享受。

辣椒的栽种则是在谷雨时节前后。

一位朋友允诺我一定从乡下弄几兜辣椒苗来，等了许久也不见踪影。谷雨快到了，我感觉是栽种辣椒的时候了，我也知道毓秀山下有许多种菜的人们。一个清晨，我来到了毓秀山脚下，到处是菜地，曙光下满是劳作的人们，他们是骑自行车、摩托车来的，看来他们距离这儿并不近。一块块菜地被整理得很是平整，迎着春天的脚步，众多菜苗吐出了新绿，一派生机勃勃的景象，好多菜地边还搭起了木棚，那是用来放工具的。我和一位正在栽种辣椒的大嫂攀谈了起来。

"这辣椒苗哪来的？"

"水北买来的，好贵哟！要5毛钱一兜。"

"新余有卖的吗？"

"你晚几天到菜市场去买会便宜些。你栽到哪里呀？"她继续对我说。

几天后的新纺菜市场真有不少的秧苗卖，辣椒、茄子、苦瓜、丝瓜、南瓜、冬瓜样样齐全。辣椒苗也只要两毛钱一兜了，我很"大方"地花了几块钱买了不少。妻子说："你买这么多往哪里栽呀？"其实我只打算栽两三兜的，多了没有花钵，阳台上的花篮也放不下。我是想为那卖秧苗的大伯多做一些生意。

然而，放在楼下的花钵被人拿走了几个，让我很是懊恼。为了保证栽种的质量，我到别人的菜地里"偷"了一些肥土，在每个花钵里还放了底肥。饭前饭后、上班前下班后我总要摆弄和观赏一番，阳光强了把它们搬到阴处，晚上又把它们搬出来"吃"露水。就像对待自己的孩子般，我精心养护和期望着每蔸秧苗的茁壮成长。

"你天天弄、天天看，几蔸辣椒都害羞了，会被你看死的。"一位邻居大姐打趣我。

"可放在这水泥板上，温度太高会晒死的。"我对她说。

"那人家种在地里的辣椒不是要去给它撑伞？"

"种在地里的面积大，不要紧。是你婆婆说的。"

"她还懂'面积'？"

"你欺负你家婆婆没文化呀！"我反驳心直口快的邻居大姐。回忆起来，似乎老人家讲的真不是"面积"而是"地方"。

栽种的几蔸辣椒都成活了，尽管白天在炽热阳光的照射下，都低垂着头，让我担心，但第二天清晨它们又都挺拔了起来。一周后我急不可耐地为每蔸秧苗浇肥，指望它们长得快些、好些。"欲速则不达""拔苗助长"的闹剧在我这里又重演了，看着一棵棵秧苗黄的黄、死的死，我伤心难过、束手无策。

邻居大姐笑话我说："那兜茄子死了吧？你浇多了肥，要等到开花的时候才能施肥的。"

"你没种过菜，哪怕你有文化，种菜不是那么简单的，也要技术的。"

我无言以对，任凭她说教。

如今我把那些缺兜的秧苗都补上了，心态也平和了许多，不那么急躁和冒进了。邻居大姐的话始终在我耳边回荡，做什么都不那么简单，做什么都要懂技术和规律，理论要和实际相结合。

今后的日子，我会更加敬重菜农的，也会更加珍惜他们的劳动果实的。

印象狗牯脑

　　狗牯脑茶滋味醇厚、汤色清明、回味甘甜，不少茶客都喜欢它的味道。清明节快到了，正是新茶上市的季节，想象中的茶乡应该别有一番景致吧！漫山遍野、苍翠碧绿的茶园，鲜嫩可人的芽叶，俏丽纯真的采茶姑娘，清纯而又浓郁

的茶香，忙碌而又富有诗意般的茶叶炒制场景……

我欣然接受了"徒弟"的邀请，前往狗牯脑茶的原产地遂川县汤湖镇。从新余驱车到汤湖需三个多小时，如此远的距离是我没有想到的。从地图上看，汤湖位于遂川的西南部，罗霄山脉南麓，与湖南桂东毗邻，是两省三市五乡镇交汇处。

到汤湖已是晚上近八点了，"徒弟"很热情，一直在一个农家乐饭店里等着我开饭，并叫上了当地的数个茶农，场面有些热闹。"这是汤湖制茶技艺高超的郭师傅！""这是当地茶叶界最有权威的王师傅！他被誉为狗牯脑茶的'开山鼻祖'！"一见面，"徒弟"就兴奋地介绍起他的客人。

"你很有本事呀！把汤湖的'社会名流'和茶叶界的精英都请来啦！"我玩笑地说道。

"我没给师傅丢脸吧！我在这里从事茶叶经销十多年，和他们关系处得很好，他们对我给予了很大的支持和帮助！""徒弟"眉飞色舞地"吹嘘"着自己。

我理解他此刻的心情，于是我在众人面前夸赞了他的许多优点，以求汤湖"社会名流"对他的进一步信任与合作。"徒弟"很兴奋，不断地讲述着他在汤湖的点点滴滴，描绘着他走村串户收茶，通宵达旦制茶的精彩故事。

"徒弟"在新余从事茶叶经营已有二十余年了，从开一家小店开始，发展到现在拥有多家茶楼。当时，他赋闲在家，从我这里学习和了解了一些茶叶知识，接触和熟悉了一些茶叶经销渠道和经销商。也缘于此，就慢慢把"师傅"叫上了。他从事狗牯脑茶经销已经有十多年了，一直以来，他都是在遂川购茶，然后到新余市场销售。近年来，他开始在汤湖租购茶园或购买鲜叶自己加工，为的是确保茶品的正宗和制作技艺的精良。

和所有的乡村一样，汤湖的夜晚万籁俱寂，整个世界好像沉睡了一般，地球也似乎停止了转动。夜深了，汤湖大街上的一些房屋里，远处茶农的民宅内仍散射出稀疏的灯光，传出有节奏的机器声，在这寂静的夜晚特别惹眼和清晰。"这是茶农们在通宵达旦地赶制茶叶。"当地人告诉我们。

听说郭师傅也在炒制茶叶，带着好奇和兴趣我们欣然前往。郭师傅的制茶车间租用在一村委会的办公楼内，车间里弥漫着浓郁而又清新的茶香，杀青机、揉捻机、炒干机等制茶机器一应俱全，郭师傅带着三五个茶工正在车间里忙碌着。山里的夜晚有些凉意，郭师傅和他的同伴穿着短袖却汗流浃背。一位师傅正在200多摄氏度高温的茶锅里炒制手工茶，他的身子不停地起伏，双手不停地在锅里翻炒，头上冒着许多汗珠，很是辛劳的样子。郭师傅说，手工茶在市场上要贵许多，但对技术要求也很高，在高温的茶锅里，炒茶动作慢了，茶叶会烧焦；动作太重了，茶叶容易碎；如果翻炒动作掌握不好，手就会触碰到锅底，烫出火泡，一位师傅一晚可炒制4—5斤干茶。听着这专业的讲解，看着这辛劳的场面，想着平常我们悠闲的品茶情景，我内心生出了些许感慨！

在这个茶叶收获的季节，汤湖两条并不十分宽广的街道每天车水马龙、熙熙攘攘，一派繁荣的景象。大大小小的茶叶铺密布在汤湖的大街小巷，铺面打着各色各样的店名，摆放着琳琅满目的茶叶，"正宗狗牯脑""高山狗牯脑""汤泉狗牯脑"等等。许多铺子里满坐着品茶的人们，他们一边品着茶，一边介绍和宣传着自己的产品，在轻松愉快的气氛里交易成功。

在一家"茶王狗牯脑"茶铺前，我们驻足张望。"请进来品茶！我爸爸在里面。"一位正在清扫茶几长相俊俏的姑娘热情地招呼我们。店主人看上去有些阅历，不温不火、不卑不亢，显得很是沉稳。"我的茶喝下去，口里有东西。"他反复说着这句话，似乎是秘而不宣，又好像是故弄玄虚。我们疑惑地听着他的话语，细细品味着他精心冲泡的茶叶。

　　果然，茶汤一入口顿觉满口清香，回味甘甜，我们终于明白了他所说的"口里有东西"。墙壁上满挂着有关他与狗牯脑茶的照片，还有他与名人的合影，以及他参加上海世博会获奖的留影。他告诉我们，他家里原来有100多亩茶园，现在只有30多亩了，为的是更好地把茶叶做精做细，他制作的茶叶限量销售。事后我们得知，他从事狗牯脑茶的生产经营已有40余年，可称得上是当地一位知名人物。"徒弟"又带我们去了梁氏茶楼品茶，店主人姓梁，个头不高，年纪40岁上下，是狗牯脑茶的第八代传人。他热情而又熟练地为我们冲泡着最好的狗牯脑茶，娓娓讲述着狗牯脑茶的历史和祖辈们创业的故事。他虔诚地说，作为狗牯脑茶的传人，继承和发扬先辈们精湛的制茶技术固然重要，但更重要的是要传承他们优秀的做人品德和诚信的经营理念。我为狗牯脑茶有这样优秀的传人感到欣慰！

　　狗头山是汤湖的标志性山头，狗牯脑茶也因此而得名。在汤湖大大小小山的半山腰建了许多民宅，有如别墅般很是漂亮。沿着崎岖的山路，我们来到安村的一户茶农家里，他的家坐落在狗头山的半山腰，新盖的三层楼房还没有来得及装修，屋子里很是零乱，显然是由于茶叶收获季节的忙碌而无暇顾及。紧邻屋子右边建有一个简易的制茶车间，安放着各种制茶设备。站在门口抬眼远眺，坝高75米的安村水库碧波荡漾，一行行梯田式的茶树整齐划一、碧绿苍翠。在屋子的右侧有一股清泉从山顶倾流而下，伴随着哗哗的流水声，这里构成了一幅优美的山水画卷。屋主人从茶园里回来了，他告诉我们，昨天他通宵达旦地炒制了一晚的茶叶，今天一早一家老小又忙着在茶园里采茶。他接着说，这个季节茶叶长势很快，50—60元一斤的采摘费都请不到人，心里着急得很，原先都是小姑娘采茶，现在45岁以下的采茶工都难觅其踪了。望着这满园细嫩碧绿的芽叶，由于无人采摘而即将老去，我们多少感到有些惋惜！

晌午时分，汤湖的大街上人流明显密集了起来。或背着竹篓，或拿着塑料袋、蛇皮袋；或一二斤或五六斤，人们捧着从早上开始采摘的鲜叶在汤湖大街上寻找买主。在一条小溪边的大樟树下，人头攒动，原来这里是茶农们自发形成的一个鲜叶交易市场。地上摆满了各种各样的鲜叶，毛茸茸、绿油油，可爱得很。来来往往的人群走走看看、看看走走，一边闻一边问，东扯西拉、讨价还价，在一片嘈杂声里完成各自的交易。"今天市场上的鲜叶90—110元一斤不等，到了明天就不知道了。""徒弟"说。茶叶的时间性很强，"早采三天是个宝，晚采三天是堆草"，当天采摘的鲜叶必须当天炒制完成，否则就会变质。我在内心祈祷茶农们的茶叶都能卖个好价钱！又听说有不少客商看中了汤湖这块宝地，也看准了未来狗牯脑茶的市场行情，准备在汤湖投资建设狗牯脑茶交易市场，集茶叶经营、茶艺表演于一体，为人们提供更好的平台。

祈盼着狗牯脑茶的进一步传承和发展！

百炼成钢

"钢铁是怎样炼成的？"今天的市政协委员视察让我有了更为深切的感受！

新钢厂区优美的环境已经完全颠覆了我脑海里原有的厂区印象。尘土飞扬、硝烟弥漫已经成为历史，干净整洁、绿树成荫，"花园式工厂"的新貌呈现在人们的眼前。"我们要对社会负责，同时也要对自己负责。"新钢公司总经理由衷地说。是的，生态文明已写入基本国策，新钢公司正是在努力践行这个基本国策；公司有几万人天天在厂区里上班，优美的环境又何尝不是对自己负责呢？

人类需要把自然界的铁矿石，炼造成人类所需要的各种各样的钢铁，新钢公司就是在完成这样的使命。在炼铁厂，我们见到了时常听说的高炉，但见这个庞然大物高耸着它硕大的身躯，矗立在人们的眼前。一条输送带从高炉的顶端注入铁矿石，被加热至1200多摄氏度的高温空气使炉内焦炭燃烧，生成2000多摄氏度高温，使物质产生系列物理化学反应将矿石熔炼。"通过熔炼，比重轻的铁水浮在上面，经管道流出，比重大的杂质则沉在下面经输送带运走，这个杂质也就是人们通常讲的'水渣'。"总经理细心地为委员们解说。如此就完成了炼钢的第一步，道理很简单，但每个环节都凝聚着人类智慧的光芒！但见火红的铁水从高炉的底部源源不断地流出，场面蔚为壮观！

"这么高的温度，高炉是什么材料制成的？"我惊奇地问。"是特殊的耐火材料。"总经理回答。尽管已是深秋，在高炉旁停留了片刻，不少人已是大汗淋漓、浑身湿透。我内心对长期工作在高炉旁的工人们的尊敬之情油然而生！

委员们又来到了炼钢厂。炼铁厂生产的铁水经管道输送到炼钢厂，在炼钢厂的转炉里不断地锤炼，最终成为钢。在现场我们见到了铁水倒入转炉的场景，但见平常坚硬无比的她，此刻也是"柔情似水"，任凭使唤。现场火星四溅、热浪袭人，那飞舞绚丽的火花把整个车间映照得通红，让现场的人们惊叹不已！

　　一路上，总经理不断地向我们介绍炼钢的有关知识和原理。他说，炼铁厂提炼的铁水还含有硫和碳等物质，要经过炼钢厂不断地炼造，除去其中的碳和硫，当碳的含量达到一定程度，铁就变成钢了，正所谓"百炼成钢"。听到这里，我陷入了沉思！物质世界如此，人类社会又何尝不是如此呢？我们也要经过各种各样的社会实践磨炼，学习、实践、提高，再学习、再实践、再提高，最终炼成国家、社会所需要的好"钢"！

　　在热轧厂，机械的轰鸣声让人听不清对方讲话，那壮观火热的场面让委员们震撼！但见一块块厚重火红的钢坯在无数滚轴上来回奔跑，在机器的碾压下，逐渐变薄，我惊叹人类的伟大和智慧。总经理告诉我们，这里根据各类工程的需求，将钢坯碾压成不同的厚度，最薄可以碾压到2毫米。从20厘米碾压到2毫米，那是一个怎样艰难的过程！他进一步说，这个热轧厂就是"擀面片"，线材厂就是"拉面条"，根据人们的需求"擀"出不同厚度的钢板，"拉"出不同粗细的钢丝。他用通俗而又形象的比喻，道出了原本复杂深奥的原理，让委员们豁然开朗！

　　"百炼成钢""擀面片""拉面条""人们需求"，视察结束的路上，我反复回味并咀嚼着这几个词汇。

广大的青少年这个"钢坯"呢？也只有经过不断地"擀"，不断地"拉"，以成为品种多样、型号不一的"材"，从而满足国家和社会各行各业的需求。

"新钢公司应该成为青少年及广大干部的教育实践基地。"我突发奇想地向总经理建议。

他深以为然！

桂花香

莲说，她家庭院里的桂花开了，五颜六色香喷喷的，沁人心脾！又说，一定要邀请我去赏花，并把这桂花的美好写出来，还要写出一点浪漫的色彩！

我欣然接受了莲的邀请，并提出要带上"金三角"里的军哥。"金三角"的名号是莲取的，我们三人的办公室紧邻并相对，呈三角形，在办公楼东面的一个小区域里。莲常说，这个小区域给了她欢乐和启迪。她说，每天上班大家都热情地问候！工作上大家相互支持和帮助，在这里工作她每天的心情是舒畅和愉悦的！

军哥是老牌大学哲学系毕业的，颇有些理论功底，他为人谦和、勤勉务实，特别是在负责办公室工作期间，常见到他忙碌的身影。他喜欢讲儿子的故事，"清华大学""航天事业""保密单位"等等，每次相聚他都要想方设法绕到"儿子"的话题上，兴奋时常常是眉飞色舞、滔滔不绝，很骄傲的样子。莲一脸的和善，总是充满着欢乐和开心，似乎她的整个世界都是幸福和顺意的。她对同事的情感很是炽热，称呼都是用昵称，听起来很亲切，因为工作上我是她的前任，她也偶尔会戏称我为"师傅"，有时叫得还很自然和诚恳，这让我"窃喜"，却又"脸红"。我时常会风趣幽默地调侃"金三角"的气氛，也时常会给他们讲一些篮球场上的趣事，还会发一些散文供他们鉴赏，他们会谈一些读后感，说一些深刻的体会，都是赞美和夸奖的话，我听了心里美滋滋的！

有一天，莲突然说，历史的车轮滚滚向前！听起来颇有些伤感和留恋的味道。军哥近期已从领

导岗位上退了下来，莲也即将卸任。时光荏苒、岁月无情，忆想起一辈子的工作生涯，畅谈着"金三角"工作的美好时光，我们形成了一个共识，要珍惜当下，立足当下，更用心、更用情、更用力地为社会、为人民做较大的贡献！

来到莲的家时，桂花已经谢了，散落在泥土里，已难觅其踪。此情此景，让我想起了南宋诗人陆游《卜算子·咏梅》里的诗句，"零落成泥碾作尘，只有香如故。"我们留恋并感激眼前的它曾经给庭院主人并整个世界的奉献，我们甚至依然可以感觉到它曾经的浓郁芳香。又想起了清代思想家龚自珍的诗句，"落红不是无情物，化作春泥更护花。"军哥触景生情，感慨地对我说："这句诗一定要写进去，我虽然已经退位了，却依然觉得责任重大，'护花'的使命还任重而道远！"

莲的庭院里摆放着一张石桌，桌面上满布着树上散落的桂花。莲说："这是我特意不让清理的，留着你们来欣赏！"但见这桌上的桂花干瘪而又枯黄，让人觉得这时间的无情。我顺手抓了一小撮在鼻子边嗅闻，那香味尽管不是那样浓烈，却也素淡清雅，我甚至感受到了它曾经的鲜亮和芳香！

莲的庭院不小，院里栽满了各种各样的花木。桂花、月季花、杜鹃花、莲花，三角梅、七彩梅、红豆杉，柚子树、银杏树、醉含笑，还有柠檬、竹北、石榴及各种各样叫不出名字的花木。它们苍翠欲滴、争奇斗艳，有的满挂着硕果，有的怒放着鲜花，似乎在向人们展示着它的娇美和存在的价值！在庭院的一角，还栽种了一些蔬菜，小白菜、大蒜、芹菜等等。莲一直在兴致勃勃地给我们介绍，始终很欣喜和幸福的神态！她拿出了刚从树上摘来的柚子、石榴等水果，请大家品尝。她说，前些日子那树上盛开的桂花，一串串、黄灿灿的，浓郁的香气充斥着整个院落，给人的感觉特好。她又告诉我们，庭院里的蔬菜基本可以自给，每天下班后她都是先打开音乐，然后围绕院子里的这些花花草草欢快地忙碌着。我凝神地听着莲的叙说，并在内心感叹，新时代的生活是这样的美好！

在庭院的左侧有一个小水池，那水是循环利用的，清澈见底，不少鱼儿在水面上欢快流畅地游来游去，高兴时还会把头伸出水面。军哥登上架设在池面上的小桥，自言自语地说："这池里的鱼群和谐共生，活蹦乱跳欢快得很！"

我反问军哥道："你非鱼，难道还知鱼之欢？"

军哥答："尔非我，焉知我不知鱼之欢？"

我们相对而笑，仿佛穿越了历史时空，回到了两千多年前濠水边那场充满哲学思想趣味的辩论。

负责莲家务的阿姨闻听我们的疑问，在一旁解释道："这池子里的鱼平常都是潜在水底的，听到人的脚步声，以为是来喂食的，它们都会游到水面争抢食物。"我抓住机会，戏说军哥，原本简单的事情被他这样的文人复杂化了，是阿姨用简单的话语道出了事物的本来面目。

我好奇地问莲，她家先生平常喜欢坐在哪？莲回答说，他喜欢坐在这个石桌旁，或看书或拉二胡或弹手风琴，更多时喜欢下围棋，有时还废寝忘食、通宵达旦。

夜幕悄悄降临，庭院里的颜色有些朦朦胧胧，院外车水马龙的嘈杂声似乎弱了些，石桌旁人们的欢快声则显得更为清晰和悦耳。抬头仰望，一轮弯弓似的明月悬挂在天空，朗照着整个院落。"你们家装修还在天上挂了一个月亮？"我

好奇而又羡慕地问。莲笑而不答，不置可否。人与自然的有机融合在今天这庭院里体现得淋漓尽致。

不知什么时候，庭院里的灯亮了起来，一片光明。莲说，平常他们是不开这灯的，只开地灯，光线舒适而又柔和，饭后循着朦胧夜色漫步于这院落里、水池边，颇有一番情趣，有时还能体会到朱自清散文《荷塘月色》里的感觉。

"路上只我一个人，背着手踱着。这一片天地好像是我的……像今晚上，一个人在这苍茫的月下，什么都可以想，什么都可以不想，便觉是个自由的人。白天里一定要做的事，一定要说的话，现在都可不理。这是独处的妙处，我且受用这无边的荷香月色好了。"

莲热情地欢送着我们，军哥则摇晃着脚步，挥摆着手，嘴里不停地重复着他的口头禅："一是一，二是二。"又意味深长地自言自语："化作春泥更护花，化作春泥更——护花！"

考上了清华大学

在许多场合、许多人面前我讲过这个故事，大家都觉得很是新鲜和受启发。但我总觉得还是不够，于是决定把它写出来，让更多的人知晓。

今年暑假期间，我回老家看望母亲。母亲和我见面的第一句话就说："你晓得吗？而会计（他曾是村里的会计）的孙子考上了清华大学！听说好像这是全省还是全国最好的学堂呢！"

"哦！真的吗？你听哪个说的？村里有人考上清华，这是天大的喜事！"我有些不相信，反问母亲。

"人家而会计自己说的，这还会有假！"母亲回答我。

母亲继续说，那天而会计在街上买了许多东西，用一根棍子挑回来。前面挑的是菜，后面挑了一口木制饭甑。他路过我们家门口时，母亲好奇地问："现在都用电饭煲、压力锅了，你还买这么大的饭甑做什么？"

听到母亲发问，而会计兴奋之情溢于言表，滔滔不绝地说起了他孙子的事，似乎有说不完的话。后来看到来听的乡亲们多了，他干脆放下肩上的东西，坐在我家门口和乡亲们聊了起来。

而会计告诉乡亲们，他孙子考上了清华大学，他们商量了一下，准备了一点酒请乡亲们喝。请这么多人吃饭，需要一个大甑子蒸饭。

母亲告诉我，那天而会计在我家门口坐了许久，说了许多话，始终是很骄傲和了不起的样子。母亲说："这样的后人真争气！做大人的好有面子，就是累死累活也高兴呀！"

暑假后期，我又一次回老家。母亲再次对我说："上次说的事是真的！听说丰城市的政府部门给奖了几万元钱！乡里、村里也都奖了钱！全乡的人都晓得，好热闹哟！"

"出了这样的后人，家里真风光！"母亲自言自语道。

吃中饭时，母亲叫上了几个邻居，当乡村教师的三姐夫也来了。饭桌上，"考上清华大学"又成了众乡亲的热门话题。还是母亲先说："而会计这个孙子长得四方端正，自小就好有礼貌，什么时间在路上遇到我，都是婆婆前、婆婆后地打招呼！"三姐夫补充说，一般学习成绩好的孩子都很懂事，懂事的孩子学习成绩一般也不会太差，两者相辅相成！

　　母亲继续说，今年夏天"双抢"期间，她和几个老人家去稻田里捡稻穗。有些孩子或大人会用较大的声音说："这里还没有收完，不要过来。"而会计的孙子见到她们则很有礼貌，说："婆婆，在这里捡不要紧，反正我们收完了也不会来捡！"母亲说："其实在谁家的田里我们也不会去拿人家的稻子，只是有些人不放心而已，而会计孙子的礼貌和讲话很暖人心也服人心！"

　　在一起吃饭的村小组长接过母亲的话说，这个小家伙的母亲很了不起呀！嫁到村里二十多年了，从没和哪个红过脸（吵架）！全村上下都说她好，公公婆婆逢人便夸！就拿牛吃禾这件事来说吧！在农村，牛偷吃禾或菜是常事，有些人家为此吵架、打架，小事闹大，而她却从不为此动气，一句"畜生哪里晓得什么吃得，什么吃不得呀？"最多告诫牛主人，以后注意把牛拴好就是了。从而化解了许多纠纷，也赢得了众多人的夸赞和尊重。村小组长继续说，小家伙的父亲则架子很大，不作声，路上遇到也不搭理人，这两夫妻搭配得真好！

众人还说了许多的事，都是夸赞而会计的孙子和儿媳的。

前些日子我回老家挂冬，和母亲聊天，她又给我讲了一件事。家乡的山里物产丰富，有茶籽、蘑菇、金银花、黄栀子、山楂、糖杆子（学名：金樱子）等等。前不久，母亲和村里的几个老人家及而会计的儿媳，一起进山摘糖杆子。这是一种中药材，有人去乡下收购，一元二角一斤。这天，其中一个叫藕婆婆的老人家的篮子摘满了，提不动了，就把一篮糖杆子寄放在山里的某一个地方，并在一棵松树的树干上做好了记号，又到山里其他地方去摘了。临近傍晚，她返回去拿却怎么也找不到了。

母亲说，山里树高草密容易迷失方向，沟沟坎坎也很多，她们这些老人家走不动，不能也不敢帮藕婆婆漫山遍野地去找。还是而会计的儿媳热心，问清了藕婆婆寄放的地点后，在山里花了许多时间寻找，却也没有结果。

当天晚上，而会计的儿媳又挨家挨户去找这天在山上摘糖杆子的人："今天哪个在山上捡到一篮子糖杆子？捡到了就给还人家嘞！人家藕婆婆八十多岁不容易哟！"问遍了所有人，却仍没有结果。

第二天，藕婆婆不死心，又到山里去寻找。藕婆婆凭着记忆，居然在山上的某个地方又找到了，满篮子糖杆子似乎一颗不少。

藕婆婆高兴之余，又很是奇怪，这里昨天好像是找了，怎么就没找到呢？再说，昨天晚上下了雨呀！怎么满篮的糖杆子却仍干爽得很呢？藕婆婆从山里回来，把她的高兴和疑惑告诉了我母亲和其他老人家。

"还会有这样的事？是你病蒙了不记得自己寄放的地方吧？"众人你一言、我一语地议论着。

"可能是那个偷了你糖杆子的人，听了而会计的儿媳的话，不好意思了，今天偷偷放回山里去的哟！要不昨天晚上是下了雨的，满篮子的糖杆子怎么还会这么干爽呢？"母亲插话说。

"有道理，恐怕是这样！是这样的！"大家一致认同母亲的分析。"果真如此，你要多谢人家而会计的儿媳嘞！"众老人家异口同声地说。而会计的儿媳又一次赢得了村民们的夸赞！

一位中学校长听了这件事后说："其实，我们每个人都是有独特天赋的，这个孩子的父亲尽管平时不作声，但可能是有智慧的，且遗传给了孩子；而他母亲用母性的伟大让孩子的智慧得到淋漓尽致的发挥。"

共青城一位分管教育的副市长听了这件事后则说："是家庭、学校、社会的共同作用，造就了这样一个人才，特别是母亲对孩子的影响更大！"

也许，许多事情都有它的偶然性，但众多的偶然一定会构成必然！而会计孙子就是在家庭、学校、社会，特别是母亲，这众多偶然因素的共同影响下，成就了他考上清华大学这个必然！

您认为呢？

"亮木子"

　　这是一个人的小名，家乡人都这么叫他。他和我一个村子，还沾了点亲戚。"亮木子"不是榜样，也无感人事迹，他是一个极其普通甚至有些卑微的人，我也说不清为何要写他，只是觉得他的一些故事让人感觉有味并生出些许感慨！

　　他已经有60多岁了，一直生活在这个村子，一辈子务农为生，印象中好像他从未出过远门。他家三兄弟，他父母分别称他们为"大瘌痢""二瘌痢""三木子"。这样写出来似乎很难听似的，但用家乡话并由他父母叫出来，听起来则很像是一种昵称！其实，他们三兄弟都不是瘌痢。

　　"亮木子"是"大瘌痢"，排行老大。他没进过校门，自己的名字都不知道他会不会写。他老婆是个病秧子，长期身体不好，一直做不了太重的农事，乡亲们形容一阵风就可以把她的身子骨吹起。"亮木子"的身体也不是很健全，双脚外八，双手不自如，还有一点抖，一直做不了精巧的农事，比如插秧他一辈子也没学会。"亮木子"有些力气，年轻时就是村子里出了名的大力士，可村子里的人都说"亮木子"就只有一身"死力"。他一直过着贫穷而又困苦的生活，但他又一直保持着平淡而又稳定的心境。我不能用忠厚老实来形容他，因为无法用文字来完整地刻画他的性格。

"亮木子"也算得上村里的"名人"，只要一提到他，乡亲们就会说："这个'菩萨打咯'吃了好过！"

"亮木子"的父亲去世得早，他一直和他母亲一起生活。成家以后，兄弟们分家了，他母亲仍然一直跟着他，帮他管家，帮他计划，他把卖农产品的钱悉数交给他母亲，要用钱时从他母亲手里拿。"亮木子"的母亲从小双脚残疾，不能行走，长年坐在摇椅里，他每天清晨把母亲从床上抱到摇椅里，晚上又把她从摇椅里抱到床上，每餐都要把饭端到她手上，几十年如一日。"亮木子"的母亲有些厉害，头脑清晰，耳聪目明，又善于安排事情，坐在家里还掌握着村里的许多"情况"，乡亲们都说她是诸葛亮。她骂"亮木子"

骂得很狠，经常是咬牙切齿地骂，无非是说他偷懒不会安排农事，耽误了时节。"亮木子"从不敢轻易顶撞她，遭到她骂，他便一直低头做事，或在家里上上下下、来来回回地走，也不知道他在做什么。偶尔，他也会答上一句："莫骂，莫骂，我明天会去做！"如此会招来他母亲更大的骂声："做你个'菩萨打咯'，做你个'天收咯'，就晓得憨吃蠢做。""亮木子"的母亲活到九十三岁辞世，是村里的高寿老人。村里的人都说，"亮木子"家里这么穷，生活条件这么不好，他母亲能这么高寿，多亏"亮木子"照顾得好。我母亲也说："说是说'亮木子'没能力，如果不是这个儿在身边，还有哪个会这么用心服侍他娘哟！"

"亮木子"掌握了许多天南海北的"情况"，又喜欢谈自己的"见识"。农闲时节或是乡亲们聚在一起劳作，会谈论一些话题，"亮木子"一般会站在人群的外围或是某个角落。他喜欢插话而且声音最响："人家他母舅在北京上班嘞！"

"他哥哥是省里个官嘞！"

"他崽在公安局嘞！"

他的插话又往往会招来村里其他人的讥笑和封堵："你什么都晓得！"

"讲什么你都有份，'神'有份，'社'也有份。"

他也会回击："我哪里说了假话呀！不相信你去问嘞！"

"你'亮木子'能耐！天上的事晓得一半，地下的事全部晓得！"他被说得手足无措，眼睛望天。

"亮木子"喜欢骂畜生，尤以骂牛有特色。春耕时节耕田或耙田，整个田野都会充斥着"亮木子"最响亮又有节奏的骂牛声。

"还不快走！就是晓得吃，吃了去死！"

"你个死牛哩！我明天就宰了你，吃肉！"

他一手执鞭，一手扶犁，来回在田里转着、骂着。他耕田一个上午，嘴巴就会骂一个上午，从不会停歇，似乎停下了就做不了事。村里有人路过他身边，会说他："'亮木子'你吵死人！你的精神头真好！"他也不搭理，继续骂他的。农事忙时，晚上或是早晨天还没亮，他就会去耕田，在寂静的夜晚，那骂声显得更响亮和清脆，我母亲在家里一听就知道，这是"亮木子"在耕田嘞！

"亮木子"帮了村里不少人的忙。村里哪个家里有重活或是要挑什么东西，一般都找他，特别是一些年纪大的老人家。他也帮我母亲做了一些事，挑柴、挑谷、挑花生等等，而又以挑柴较多，母亲经常会去山里"扒柴"，有时太重了挑不动，都是"亮木子"帮忙挑回来的。"亮木子"也有偏好，不是所有人每次都能如愿以偿，他会耍脾气推脱："我有事，走不开！"这时"亮木子"的母亲就会出来说话："快去帮人家挑一下，做这点事就会累死你呀！"他很听他母亲的话。他兄弟有时也会骂他："天天帮别人做事，自己的事你不去做！"他也不搭理，仍我行我素。

我母亲常记着他的好，偶拿一点东西给他或是请他吃个饭。有一次我回家，母亲对我说："今天家里有点菜，去把'亮木子'叫来一起吃饭吧！"我理解和赞同母亲的做法。他似乎有些拘谨，人坐在饭桌上，而身子却侧向一边，饭碗始终端在手上，很少吃菜。我递烟给他并不时给他夹菜，他慌忙起身："我会吃，我会吃！"那样子很是局促。

他告诉我，自从他母亲辞世后，他没种田了。他到过丰城、南昌等建筑工地做事，无非是推砖、挑沙子，但老板嫌他年纪大，怕出事，都没做长久。后来，他又到附近村里为建房的农户做短工，帮助挑沙子或水泥，挑一担沙子工钱一元，挑到二楼两元，三楼则三元，一天也可以赚一百多元外加一包香烟，遇上好的东家，还有啤酒喝！说到这里，他满是兴奋和幸福的样子。

　　"亮木子"很少与人结太深的怨，他生活在这个村里一辈子，似乎也没和谁真吵过架，他家里经常是众乡亲看电视、聊天、听戏的据点。但村里又很少有人和他正儿八经说话，特别是那些自认为是"能人"的人，经常是用嘲讽的腔调和他说笑。

　　"亮木子"家里有一台影碟机，他经常给乡亲们放录像，如黄梅戏、采茶剧等等。他还经常会去街上买新碟，并告诉乡亲们："今天来看戏嘞！到了新片子！"

　　他还会说他的观后感："人家方卿这个人很争气，他穷的时候姑姑看不起他，考上了状元后，他就戏骂姑姑。"

　　"'亮木子'你也看得懂耶！"

　　"哪里就你看得懂耶！""亮木子"也口不留情。

　　"亮木子"不会唱戏，但喜欢哼戏！特别是高安采茶戏。农闲时或是在山里放牛，他会大声哼唱，脚下还打着拍子。村里人见了会笑他："'亮木子'吃了真好过！过神仙日子哟！"

　　"哪里你吃了不好过耶？"笑他的人听了只好又笑笑。

　　"亮木子"也喜欢要"面子"。有一次我开车回家，在公路上看到"亮木子"在路边行走，把他搭上了车。他坐在副驾位子上，紧贴着车门，很不自然的样子。

"你从新余归来吧！"

"今天有福气遇上你的车子，省得我走路！"他有些兴奋！

他告诉我，他是从岳父家回来，他岳父八十多岁了，瘫痪在床，请他去照顾。从他岳父家到自己家要走两个多小时，他不会骑自行车，也不会骑摩托车，完全靠两条腿走路，一星期回来一次。

"我就到这里下来！"他突然对我说。

"还没到家呀？"

"就到这里下，我还有事。"他很急迫的样子，生怕车子开过头。

下车的地方有个小店，聚集了不少人，还有些人在那里干活。"亮木子"下车动作很慢，神态有些飘飘然！

见到"亮木子"下车，大家都和他打招呼！

"'亮木子'归来了呀！"

"哇！今天'亮木子'坐'包车子'回来呀！"

"这是我老弟的小车子嘞！他从新余回来嘞！"他的声音很响亮！他面对着人群，很神气！

望着"亮木子"神气的背影，我会心地笑了，又若有所思。

日出北戴河

又一次来到北戴河，前一次来已是十多年前的事了。记得那是2003年，也是来全国政协培训中心学习，当时的我尚处青壮年时期，如今却到了知天命之年，感叹时光的无情流逝！15年了，北戴河的大海、鸽子窝、碧螺塔、老龙头、山海关给我留下了美好而又清晰的记忆。毛主席那充满革命乐观主义和浪漫主义的不朽诗篇——《浪淘沙·北戴河》，更让人激情澎湃，思绪迸发！

金秋时节的北戴河，秋高气爽、气候宜人，街道两旁绿树成荫、鲜花盛开，更有那火红的枫叶把金秋的北戴河点缀得更加迷人。培训中心院子里的柿子树、山楂树、银杏树满挂着累累的硕果，分外可人；一棵棵松树青翠欲滴、刚劲挺拔，犹如一个个神圣威武的钢铁战士。站在韵海楼楼顶俯瞰北戴河，红瓦绿树、碧海蓝天，犹如一幅美丽的诗画。韵海楼前的三棵柳树高耸着它硕大的身躯，那细长的枝条随着这萧瑟的秋风摇曳，像在述说着这新时代的美好抑或是岁月的沧桑。

大海呢？在这美好的时节，你该别有一番神韵吧！

看海上日出是许多人向往的事，每天清晨的六点多，培训中心照相的颜师傅说得更准确，是六点零八分，朝阳将从海平面升起，我牢牢地记住了这一美好的时刻。

清晨的海边，凉风习习，天色朦朦胧胧，海浪一浪接着一浪，一浪追逐着一浪，在沙滩上溅起一片片雪白的浪花，发出哗哗的涛声！沙滩上留下了稀少零星的海生物，海贝、海白菜、海菊花等等，远没有记忆中15年前的沙滩上的海生物丰富。远处海天相连，海面上漂浮着几艘渔船，似乎不曾游动，又似乎与天接壤。与海平面相接的那一片天空，已泛

起橙黄色的一片，显得特别的耀眼。驻足海边的人们凝神静气、目不转睛地盯着天边，期待着朝阳的出现！

"露头啦！露头啦！""太阳要出来啦！""快来照相，20元一张，30元两张！"

颜师傅扯着他那响亮的嗓门，在海滩上吆喝！他洪亮的声音打破了海滩的宁静，整个海滩的人群顿时躁动了起来。人们或拿起手机拍照，或摆弄着各样的姿势，或发出惊讶的叫喊声！但见东方的天色越来越亮，色彩越来越艳，橘红！紫红！鲜红！我想最华丽的词汇都难以形容。整个天空似乎都铆足了劲，又似乎做好了一切准备，一轮朝日喷薄欲出。终于露面了，一点点、一点点，缓缓地、缓缓地升起，就似一位俏丽的佳人，款款而来。她终于跳出了海平面，红彤彤的、圆乎乎的，有如一个火红的灯笼，越来越红、越来越亮，光芒四射。海面在朝阳的映照下，变幻出多样的色彩，一点红、一片红，随即泛起片片粼光，斑驳闪烁，耀眼迷人。

新的一天开始了，海浪仍无休无止、不知疲倦，既勇往直前、又来回奔波，涛声依旧在沙滩上响彻不停！朝阳呢？不知不觉中它已升向了天空，不受任何干扰，也没有任何力量能够阻挡，从不停留，永不懈怠！它要去完成神圣的使命，不管东西南北，不分男女老少，也不论高低贵贱，普照大地，滋养生灵，润泽万物！

海滩上聚集了数个卖海产品的本地小商贩，"老板，买一个海螺呗！""不想买，不好带。"我心不在焉地回答。"可以邮寄呀！""没带钱哟！""可以扫微信呀！"我哑然失语，感叹科技的进步已深入社会的各个阶层、各个角落。"今天的风浪好大呀！"我试着问其中的一个商贩。"这是要'闹海'啦！""'闹海'是什么意思？"我惊奇地问。"你不买东西，我就不告诉你。"她做了一个怪脸，随即又说："就是要变天啦！"我又学到了一个新名词，果然，当晚的北戴河下雨了。

颜师傅还在抓紧时间不停地吆喝！"托太阳咯！抱太阳咯！""我这里照的相清晰哟！"

据了解，颜师傅在培训中心照相已经有30多年了，见证了无数的日出。他对我说，许多人形容太阳是从海里跳出来的，这不恰当，太阳从来都是

冉冉升起的！我笑着回答，这只是各人的感受！他告诉我，其实，每天的太阳都是不一样的，春夏秋冬、晴天雨天，各不相同。春夏时节，太阳从东北方向出来；秋冬时节则从东南方向升起。就是现在的太阳每天都在向南移动，每天的日出都要比前一天晚一分钟。我说，这是地球绕太阳公转又自转的结果。他进一步告诉我，北戴河夏天阴雨天气较多，很少看到日出，秋冬季则是观日出的最好季节。他又说，如果天气太好了，太阳一出来就是亮堂堂的，那样的日出少了一些韵味，并不好看；而有一点云雾的天气的日出才更有意境，那样的太阳若隐若现、羞羞答答、款款而出，美得很！

实践出真知！对于日出，颜师傅积累了不少常识，我们要向他学习！

我赞美北戴河自然的美景！更惊叹自然界里天地如此神奇的构造和组合，它为人类和世间万物的繁衍生息创造了恰到好处的环境和条件。面对于此，我们该在新时代做些什么呢？

同学们都说，15年以后还来北戴河学习！我期待着这样的美好！

中秋回家

　　铁树花开了，木槿花也盛开在菜园子周围。暖阳高照、秋高气爽，兄弟俩带着对母亲的牵挂又回老家了。4岁的小外甥钧崽小宝贝也跟着回去了，他的调皮和好奇给我们增添了无穷乐趣，也制造了不少麻烦！

　　我们八点半从新余出发，一个多小时的车程就到老家了。后备厢装满了东西，有月饼、水果等等，前些天就做了充分的准备，母亲的、姐姐的、邻居的等等。尽管如此，到了家里这些买的东西仍然不够分配。表弟（舅舅的儿子）来看母亲了，姑姑的儿媳来接母亲吃饭了，还有邻居来帮母

亲做事了。为表示感谢之情，我都给了他们一盒月饼。母
亲说："你做得好，这是应该的！"还有她的几个"老相
好"，都是80多岁的老太太，她们天天陪母亲聊天，帮母亲
料理家里及菜地里的重活。母亲说，对她们也要"意思意
思"！如此一来，事先准备的礼物就不够了，姐姐的被挤占
了，母亲的月饼也没有了。母亲说，自己没有没关系，人情
世故还是要的。我理解母亲的心情，又悔当初没有多备一些
月饼。

　　房前屋后的橘子树，硕果累累。那满挂的果实压弯了
树枝，好多橘子已经拖在地面上了，我安排妹妹弄了许多树
杈把拖在地上的橘子撑了起来。橘子尚处于未成熟阶段，摸
上去硬邦邦的，表皮青青的，个别
有一点转黄。钧崽迫不及待，看到
这满树的果实，好奇得很，一直吵
闹着要吃。拗不过他，我采摘了一
个看上去还比较成熟的橘子。他试
着吃了一口，顿时就往外吐，"好
酸，好酸"。"说了还没有熟，这
下相信了吧。"钧崽不再吵闹和言
语了。望着这丰收的果实，我满

是高兴、喜不自禁。遗憾的是有好几棵橘子树，不知什么原因，不明不白地枯萎凋零，就这样死去了。要知道它们正处于挂果的盛果期，好让人惋惜和痛心！

家门口的两棵铁树绿油油、直挺挺，让我感受到她们旺盛的生命和无穷的活力。我记得这两棵铁树的栽种已经有七八年了，当时还是从新余移栽过去的。在栽种的头两年里，她们经过了存活的挣扎和生命的艰难，一直是蔫不啦唧、萎靡不振的。后经多方打听，得知她们喜好铁，于是我从镇上的一个钢筋加工厂弄来了一些铁粉，重新栽种。从此，她们走上了生命的康庄大道，一直是生机勃勃、枝繁叶茂。在2016年她们首次绽放出了象征吉祥如意的花朵，并结出了许多果实。今天，她们再度绽放，展现出她们绚丽的生命色彩，也给人们带来无尽的遐想和幸福！我用手机拍下了这优美的画面，并发至微信朋友圈，引来无数网友的点赞！人与自然和谐共生，是人们共同的向往和追求！

好些年没有关注木槿花了。在我家周围的菜园子周边，栽种着一排排的木槿花，她们挺拔的枝干、粉红的花朵，在这秋天的微风里摇荡，很是醒目。眼下正是木槿花盛开的季节，花朵通体呈粉红色，在花的底部，靠近花蕊的部位有鲜红色的一圈，黄澄澄的花蕊直挺挺地从花中央伸出，整个花朵鲜艳可人，清香四溢！禁不住诱惑，家人去采摘了一些，经过简单炒制，成了我们中餐的美食，那鲜爽爽、滑溜溜的味道，勾起了我许多儿时的记忆！

尽管母亲只一人在家，也并不知道我们准确的回家时间。但在她的张罗下，仍在短时间里做出了一桌子菜，大多数都是母亲菜地里的新鲜蔬菜，辣椒、韭菜、冬瓜、南瓜等等。叫上了几个邻居一起吃饭，母亲说，要感谢人家平日里的帮助和照顾。吃饭期间，母亲端来了一只鸽子，用电饭煲蒸煮的。我很奇怪地问母亲："你还买了鸽子呀？"母亲回答说，前些天一只野鸽子飞进了家里，它一直找不到出口，就把它捉住了，想到我们中秋节会回来，她舍不得吃，一直留到今天。听了母亲的话，我有些哽咽得说不出话来，叫邻居们多吃，叫母亲多吃。

我很想在家里多逗留一些时间。吃罢中饭，稍作休息，又帮家里安排了许多事情，晚饭后我们便回城了。回城途中接到邻居电话，说家里没电，可能是欠缴电费了。于是，我慌忙拿起手机充了电费。打电话问邻居，得知还是没有来电。我有些焦虑和慌张，没有电，母亲一人在家很不方便的。我突然想到，是不是钧崽把电闸关了？又打电话叫邻居帮忙查看，果真如此。邻居帮忙把电闸合上，电又来了，一片光明，我的心情也明朗和安定了！

让我们微笑着开车

我们大多都有车了，有些家庭还不止一台，有两台、三台，甚至更多。开车已成了人们日常生活的重要内容，汽车在给人们带来方便、快捷的同时，也带来了不少烦恼，诱发了一些社会问题！

细心的人们会发现，道路上不少驾车的"师傅"表情是严肃的。尤其是在车多人多又堵车的情况下，道路上会出现不少乱象，超车、插队、鸣喇叭等等。有的"师傅"满脸挂的都是不满和抱怨，有时还会伴随着一些气愤的言语，"开什么鬼车！""会不会开车哟？"他很少检讨自己，似乎全世界只有自己掌握了真理，也似乎全世界的人都欠他的，又似乎周围的人都不会开车。

有的"师傅"鲜有承认自己错误的，也非常吝啬说"对不起"三个字。要是遇上纠纷或事故，他往往在第一时间会说："你怎么开的车？""你会不会开车哟！"脾气更急者还会跳出车外，车门关得重重的，义正词严、慷慨激昂！而对方"师傅"也毫不示弱，语气更会加重一些："我怎么开的车？你怎么开的车哟？""谁叫你插队的？""谁叫你开这么快？""谁叫你不打转向灯的？"一连串的反击往往又把对方激怒，言辞进一步升级。"你碰了车还不承认错误？还这么狂妄？""下来，下来！"矛盾进一步升级，有的会动手拉扯，甚至打架斗殴！有的还会拿起电话把自己的朋友叫来："兄弟你在哪里？过来一下，我出了点事！"于是，来的人越来越多，堵的车也越来越满，围观的人也越聚越众。吵闹声仍无休无止，充斥着整个大街，被堵的人心急火燎、怨声载道，不停地按着刺耳的喇叭。争执双方对此无暇顾及、置若罔闻，还在"据理力争"，互

不服输，而又谁都说服不了谁。就这么僵持着，就这么吵闹着。于是乎，小事变大事，有些还演变成刑事。双方伤神费力不说，也吵不出结果，闹不出办法，还殃及别人，影响整个交通。

酒驾的危害不言而喻，在交警部门的高压态势和辛勤工作下，酒驾现象得到有效遏制。人们对酒驾的危害有了清醒而又深刻的认识，"开车不喝酒，喝酒不开车"已逐成为人们的共识。尽管如此，仍有"师傅"心存侥幸、铤而走险、我行我素。有的信誓旦旦、理由充分，表明是不得已而为之！"陪同学、陪朋友、陪客商……"有的怀揣侥幸，认为"今天不查酒驾""我离家不远""这条路不查酒驾"等等。大多数人还是比较清醒的，他们往餐桌上一坐，往往首先会说："我今天开车了哈，不能喝酒！"但过了一会，有的人经不起诱惑，又端起了酒杯，还会找到很充足的理由："没办法，我们朋友难得聚在一起。""哎呀！今天这么多兄弟在，不喝酒也不够意思呀！"等等。还有的人一开始立场坚定，但经不起朋友的哄劝："你也太不够意思了！你不喝酒一点气氛都没有，来，就倒一点，没事。"假如他还在犹豫，朋友会进一步给他指明"道路"，坚定信心："你拐个弯，走A路回家，那条路从不查酒驾。"或说"最多帮你请个代驾嘛！"在这深入细致的分析，而又情真意切的攻势之下，有的人彻底缴械投降："哎呀！喝就喝，倒满，大家都倒满！"于是推杯换盏、觥筹交错，兄弟叫个不停，嗓门一个比一个大、声音一个比一个高。酒过三巡、菜过五味之后，满桌的一个个慷慨激昂、豪言壮语、无所畏惧。有理性者则会善意地提醒："喝了酒不要开车哈！""喝这点酒算什么？我清醒得很！""没问题，没问题，一点问题都没有！"酒精的作用使有的人表现出大无畏的"英雄气概"！侥幸者平安回家，有的则被查到酒驾，于是乎满脸沮丧、后悔不迭，更有甚者，发生交通事故，害人害己。

礼让行人是我们驾车的基本素养，在城区道路的斑马线边立着"车让人行"的醒目标识，意在提醒人们，减速慢行，让行人先过。然而事实上，有的"师傅"仍是我行我素，面对行人，往往是呼啸而过，似乎一个个忙得不得了，赶得不得了；有的会不停地按着刺耳的喇叭，让行人胆战心惊、神色慌张，裹足不前、来回退缩；有的则还会露出不满的情绪，横眉冷对、怒目而视，嘴里不停地自言自语骂人；更有甚者还会把头伸出窗外，面对行人大声吼叫："你不要命呀？"

当然，也有很多"师傅"路过斑马线会减速慢行，甚至停下，礼让行人。这让行人很是感激，尤其是行动迟缓的老人、带小孩的家长、手里提着东西或是肩上挑着东西的行人，可以放心平稳地走过马路，有些行人还会伸出大拇指点赞！但也有这样一种情况，前面车子停在原地礼让行人，而紧随其后的车子却心急火燎，拼命地按着喇叭，或干脆超车，由于其视线被遮挡，这让行人更是胆战心惊并处于更加危险的境地。前不久在竹山南路就发生一起这样的交通事故。看来文明礼让光靠一小部分人还不行，要形成全社会的风尚。近来，听说交警部门将会对不礼让行人的车辆拍摄处罚，这让有些"师傅"后怕。但我还是希望礼让行人成为"师傅"们自觉自愿的行为，以体现我们的素养，展示我们的文明，给行人一个微笑，为自己赢来尊重！

　　开车插队、随意变道是最危险、最不文明，也是最让人生厌的事了。遇上红灯或是道路有情况，大多数车都会排队等候，有序通行，可偏偏会有少数车辆迫不及待、心急火燎，从左右两边呼啸而过，一有空隙便迅速穿插而进，往往让别的车辆躲避不及、急速刹车，于是又骂骂咧咧、心生怨气。也有厉害的"师傅"让想插队的车子无可奈何的，前面的车前进一点，他就跟进一点，让想插队者无隙可乘，于是双方神色凝重、表情僵硬，喇叭声此起彼伏。想插队的车子进不让进，退又退不了，而它又占据了另一条道路，影响和阻碍相向而来或左拐、右拐车辆的正常通行。喇叭声、抱怨声、谩骂声相互交织，现场一片混乱，交通近乎瘫痪。被堵的人们神色焦虑、坐立不安，怕迟到、怕误事、怕误机等等。一两起插队的行为，造成如此大的危害，恐怕是大家不曾想到的吧！

我们经常会看到这样的情况，在离红绿灯不远处，有些车子要左拐，或进入自家的小区，或拐到另一条道路上。可相向道路上的车辆，却一辆接着一辆，一辆紧跟着一辆，不留丝毫空隙让人有"可乘之机"。事实上，这些车子往前走，也是要等待绿灯的，但没有一辆车自愿在原地等待一秒，让左拐的车子通过。如此，左拐车辆就这么一直在原地停滞，而紧随其后正常行驶的车辆全部被堵，抱怨声、喇叭声再一次交织，交通再一次瘫痪。其实，左拐车面对如此局面，往前走一段调头再右拐，既可以疏散交通，自己也可以快捷通行。可偏偏有些人就这么固执，就这么坚定地"坚持"，从而耽误了自己的时间，也影响了公众交通。在北湖路与盘龙路交叉口、五一路仙来苑门口，我们经常可见到这样的场景。

开车接打电话的现象也并不鲜见。我们知道，接打电话要手、脑并用，驾车的安全风险自然加大。但在现实生活中，有的人似乎忙得很，要利用驾车时间谈工作、说感受，或是谈天说地、谈情说爱，嘻嘻哈哈、热火朝天。于是乎，他驾的车方向左右摇摆、慢慢吞吞，占据着本已拥挤的道路，任凭后面被堵的车喇叭尖叫、远光提醒，他仍无动于衷、充耳不闻。也有的"师傅"充分利用等待绿灯的间隙玩游戏、发微信，绿灯亮了他却浑然不知，又引发一阵阵刺耳的喇叭声、抱怨声。

停车是困扰我们的一个难题，"停车难，难停车"是大家共同的心声。车辆的日益增多和车位的日趋紧张是我们面临的一个现实难题，于是道路上、小区里，甚至绿化带、人行道、店门口等等，只要有空位的地方，都横七竖八、密密麻麻地停放着各种车辆。不少商户为了不影响自家门口的生意，有些也为了行人通行，人为地设置障碍物，阻止车辆的停放。于是水泥墩、钢管等五花八门的障碍物布满了整条大街，成了城区一道特殊的"风景"。这道特殊的"风景"让城市管理者无可奈何，也让行路的居民吃了不少苦头。我亲眼所见，加州公馆小区内发生两起行人碰到钢管障碍物，导致脚部受伤鲜血直流，还到医院缝针住院，近一个月不能下地行走，而心中怨气又无处可出，只能哑巴吃黄连。

　　城区内车辆乱停乱放导致交通堵塞的现象屡见不鲜，其根源就在于有的"师傅"漠视他人利益，置公共利益于不顾，只图自己方便。他听不进管理者的好心劝告，还会理直气壮、理由充分："没地方停""就停一下接个人""就买一下东西""就办点事""就取一下钱"等等。殊不知，他的这"一下"就影响了整个道路的畅通，这"一点"也给许多人带来烦恼和不便。有时地下车库就在旁边，他也不愿下去，图的是方便；有时往前走一点或拐个弯就有车位，他也怕麻烦，图的还是自己方便；有时停车不摆正，一台车霸占两个车位，图的也是省事等等。

　　开车的陋习还有许多，如往窗外扔垃圾、乱按喇叭、乱开远光灯、穿拖鞋或高跟鞋驾车、不系安全带、不打转向灯等等。开车"师傅"的每一个细微的不良习惯都在时时刻刻危害着他人的利益，损害着公共的利益，也给自己留下隐患。

　　慢一点、谨慎一点、规矩一点、礼让一点、宽容一点、微笑一点应该成为每个开车"师傅"牢记的话语。

　　让我们微笑着开车。

清凉的槽下村

萍乡的武功山山脉有个槽下村，群山环抱，树木葱茏，云雾缭绕，流水潺潺，空气清新鲜爽，民风淳朴好客。

有一年国庆节，我带两个孩子并几个朋友去槽下村住了两日。给我留下深刻而又美好印象的是村里的清晨和夜晚，宁静如万籁俱寂，清新似人间仙境。记得那天清晨我和腾总沿村里公路边漫步，能见度不足5米，浓密的云雾在身边飘舞着，置身这植被茂密的深山里，让人如痴如醉，又如梦如幻。住在当地村民开设的民宿云海避暑山庄，尽管条件一般，但主人勤劳热情，服务细致，给我留下了美好的回忆。

时值酷暑，我又想起了它。我们带着两个孩子并几个朋友，又一次驾车来到了槽下村。云海避暑山庄已没有了房间，整个槽下村到处停满了车辆，村里人来人往、川流不息，很是热闹的样子。寻遍了整个村子，找不到一间住房，我们只好原路返回，来到了明月山下住宿。两个孩子兴高采烈，在房间里蹦来跳去，钧崽来到阳台上看着远处的高山，脱口而出："远看山有色，近听水无声……"可见环境还是会启发人的灵感的。

我对钧崽说，记住这雄伟的山峰，每天清晨太阳出来会

更加美丽的！

第二天清晨，天刚蒙蒙亮，钧崽早早就起床了，他拿起凳子端坐在阳台上，神情专注地看着远处的山峰，期待着朝阳的出现。但见远处山峰云缠雾绕，若隐若现，模模糊糊。触景生情，在我的鼓动下，他作"曲"一首：

看山曲

雾云密布，

山不见色，

水也无声。

小鸟在飞，

太阳无露面，

公鸡已打鸣，

有人还在睡。

这是一年级孩子的"曲"，还不成文，却是孩童最真切、最朴素的感受。我问他："你是讲哥哥还在睡吧？把它改为'哥哥还在睡'如何？"他回答道："不行，因为不止哥哥一个人还在睡。"听到这里，我不由得笑了。

大家还在留恋着山上那自然的美景与清凉的气候，又通过电话不断地联系山上的住宿，"二十四桥""张乃山庄""仲夏之夜"……阿保从电话里听到一个甜美的声音，于是判断分析，这个老板娘一定很好，这样的民宿一定不错。见微知著，阿保的洞察力和分析力说服了所有人。

早饭后，我们又驾车上山，寻着那甜美的声音而去。"仲夏之夜"民宿的名字颇有些诗情画意，老板娘是从北方嫁到这个村的，说一口标准的普通话，甜美声音的背后是她的温和与平静。大家都很满意，阿保更是如愿以偿。泽旻喜不自禁地说道："我就喜欢这里，特别喜欢房子的阳台，以及在阳台上欣赏这无尽的高山！"

房屋依山而建，背靠高山，面对着武功山绵延不绝的山脉，伫立在房间的阳台极目远眺，那山脉绵延起伏，峰峰相连、翠绿碧透，犹如一幅泼墨的山水画。近处，那碧绿的翠竹满布着周边整个山峦，微风袭来，满山的翠竹随风摇动；从高处俯瞰，仿佛绿色浪潮在整个山体奔腾涌动，但闻窸窸窣窣的声音。哗哗的流水声始终回响在房子周围，经久不息，似乎不知疲倦一般，那水是从山顶倾泻而来，在山谷集聚形成了数个小水池，但见这水清澈见底、清凉舒爽。人们忘情地嬉戏着，两个孩子更是喜笑颜开，打起水仗来，尽管全身湿透，仍是兴奋不已、恋恋不舍。

　　一条蜿蜒的公路把槽下村一分为二，路两边满是餐饮店和民宿，当地村民用自己的勤劳和热情满足着外来者的需求，同时也为自己赢得了丰厚的收入。因地制宜，绿色发展，"绿水青山就是金山银山！"槽下村人用自己的实践生动诠释着生态文明思想。

　　夜幕悄悄降临，村里稀散零星的灯光在这夜色里显得格外醒目，餐馆里传出的嘈杂声打破了乡村的宁静。一轮明月悬挂在天空，远处山脉在这朦胧的夜色里显得黑咕隆咚，却也清晰可见。我们漫步在公路边，说些日常生活的琐事，谈些自己的趣闻，大家时而滔滔不绝，时而哄堂大笑，时而连声叫好。

　　夜渐渐深了，离村子越来越远，山的深处出奇的静寂，今晚这一片天地似乎都是我们的。山里的小生灵们却特别热闹，它们用自己独特的"嗓门"发出各种美妙音符，给我们送来自然界的天籁。

　　回到房间，泽旻、钧崴仍不知疲倦地玩耍着，我不愿浪费这美丽的夜晚，拿起凳子静坐在阳台。月亮已经不见了，那哗哗的水流声仍不绝于耳，远处的山脉朦朦胧胧黑森森的，似一个庞然大物横卧这大地上。微风吹来，全身肌肤感觉特别舒爽，我静静欣赏着这无边的夜色，又尽情享受着清新鲜爽的空气。夜深了，身上有些凉意，人也迷迷糊糊的，突然想起钧崽白天写的"曲"：

打水曲

我泼水给哥哥，
他泼水给弟弟。
我们身上全打湿，
玩水玩得欢。
好清凉的水，
好漂亮的水。

小石潭记

国庆假日将至，新余酷热难当，友人留恋武功山，或恋清凉？或恋青山？或恋清泉？也或恋其他？于是，30日驱车前往，同行者数人，住"仲夏之夜"。

秋高气洁，气候凉爽，齐曰："比新余清凉舒适许多！"又有人发视频告家人、朋友，后悔少带衣服，好让他人羡慕。

餐后散步，沿山村公路慢行，至云海避暑山庄。夜幕降临，凉意袭人，有人发出感叹："山上山下，天壤之别！"万籁俱寂，唯闻虫鸣，长短不一、音色各异，似合奏的名曲，又如天籁！

　　"仲夏之夜"阳台之上，月光朗照、繁星闪烁，抬眼远眺，山色朦胧，座座大山似庞然大物横亘大地，潺潺水声不绝于耳，微风吹来通体舒畅。

　　时间尚早，三人游戏开始，旁观者数人，尤一人入迷，喜看底牌，与游戏者同喜同忧，或欣喜若狂，或唉声叹气，或手舞足蹈。夜已至深，旁观者余二人。

　　是夜无话。

　　次日是国庆，大家兴高采烈、精神饱满。相约登山，寓意步步登高。穿竹林而过，谷底见一小石潭，直径5—6米，水深2—3米，四周皆乱石堆砌，泉水沿山谷流泻而来，在水面溅起片片水花，潭水清澈见底、一尘不染。阳光透过竹林散落于水面，折射出金光点点，闪烁耀眼。

　　众人沿山谷拾级而上，崎岖难行，道路皆土石填修而成。一路满目青绿，竹影摇动，微风习习，飞鸟鸣唱，水声哗哗。大家欢声笑语、妙语连珠，有人气

喘吁吁、面露难色，但不曾出汗，舒适无比。齐叹："与平日新余爬山、散步截然不同。"

约一小时后，行至一开阔处，众人席地而坐，或拍照或赏景或嬉笑。忽然，北京传来喜讯"儿进北大工作"，"偏真"夫妇喜笑颜开、乐不可支！众人皆曰："今日登山寓意已显也！"

哗哗水声仍不绝于耳，长年的水流冲刷，让山谷自上而下形成了一条水道，抬眼远眺，整个山谷石头满布，大小不一、形态各异，光洁圆滑、嶙峋交错。泉水从高处倾泻而出，不见其源，然，勇往直前、川流不息、不舍昼夜。"上善若水。水善利万物而不争，处众人之所恶，故几于道。"我们要学习水的精神。

山坳处偶见几只山羊，是野？是家？众人疑惑。但见其在山中飞跑跳跃如履平地，感叹物种进化，适者生存。又见一石头表面囤积的一摊水里有一小鱼游动，众人好奇，如此高处这小鱼从何而来？在自然界里，人类还有众多未知！

山路艰难，未至山顶，意犹未尽，返回至小石潭旁一凉亭小坐。又是谈笑风生，斗嘴游戏！

是以此文以记之。

钧崽 6 岁生日

钧崽今天6岁了，他生于2013年12月2日（农历癸巳年十月三十日卯时）。

6岁，要开"懵"了，学习也要启蒙了，他在南昌读幼儿园。一大早他外婆来电话说，买了许多菜，晚上又发来视频，看到他妈妈给他买的生日蛋糕，奥特曼的，他很兴奋，很期待的样子。孩童对生日的向往来源于他对美好生活的期待。6年啦，从他呱呱坠地直至今天，他天真烂漫的点点滴滴，一言一行、一举一动始终留在我的记忆里。

记得去年生日时，他盼望了许久，几天来嘴里一直叨念着，孩童的心理可以理解。生日当天，给他订了一个蛋糕，又炒了一些菜，还邀请了他的好朋友赵子龙。他很高兴，脸上一直洋溢着天真灿烂的笑容，他有如家庭的主人一般，不断地为他的好友夹菜和送蛋糕，孩童天真的一面一览无余。我尽力陪他，他是幸福的。

他活泼调皮，很多时候不按常规行事，言语中时常包含着灵活而又出乎想象的内容；他喜欢和邻居的小朋友玩耍，枪战、踢球、骑车、赛跑等等；他坐不住、静不下，不喜欢听他人摆布；他头脑灵活、反应敏捷，好奇心特别强，成天会问许多的"为什么"。尤其是晚上睡觉前还是"为什么"不断。他个性鲜明，有时不达目的不罢休；他的融合能力极强，随时可以和邻居的众多小朋友融为一体；他既懂礼貌，又不俗套，哥哥从新余回南昌，他依依不舍，眼里流泪，但他嘴里却说："哥哥不听话！"他想爸爸、妈妈了，会打电话或发视频，你叫他说"爸爸、妈妈好！"他偏说："爸爸、妈妈不好！"他喜欢和我睡一床，而且态度坚决、坚定不移；他喜欢改诗，也喜欢改歌词，"独坐敬亭山"他会读成"不坐敬亭山"，他言语风趣，常让人忍俊不禁！

他喜欢看电视剧，《熊出没》《聪明的顺溜》《地道战》《海底小纵队》等，百看不厌，而且可以讲出许多故事情节。他尤其喜欢看抗日的电视剧，看到八路军厉害，他说长大后要当"八路军";看了《地道战》，他说要当"双枪英雄"。他喜欢上幼儿园，从不旷课，他记住了许多幼儿的名字，而且对他们的描述非常精准；他吃饭较慢有些挑食，特别喜欢肉类，胃口很好！他爱护衣物，爱干净，特别喜欢洗澡，经常催着外婆帮他洗澡；他会自己穿衣，有时却会穿反；他喜欢玩游戏，如"锤头、剪刀、布""老师和学生""躲猫猫"等，有时他就躲在你身后让你找，让人哭笑不得。他性格开朗，阳光可爱，有时却也特别倔强。他的知名度很高，小区的大人和孩子们都认识他，称呼我们为"袁泽钧外公""袁泽钧外婆"。

这就是钧崽！还有许多难以描述。

我们全家人都爱他，孩子们都喜欢他，邻居们都夸赞他！

俗话说，三岁看大，七岁看老！孩子是一块待人雕琢的璞。我们要发扬他的优点，又要修正和克服他的不足。健康成长，平安度日，幸福生活，和谐大家是我们共同的心愿！

写给钧崽6岁生日的话语！

泽旻8岁生日

我心爱的大外孙泽旻今天生日，他生于2011年12月5日（农历辛卯年十一月十一日未时），属兔，现在8周岁了。

曾记得8年前的今天，他生于南昌市妇幼保健院，依稀记得他出生的第3天，我就去了省妇保院看他，从见到他的那一刻，我就深深地爱上了他，并为此倾注了不少心血。他的婴幼儿时光是在新余度过的，他外婆日日夜夜看护着他，直至回南昌上幼儿园，从蹒跚学步到呱呱学语，我们一直陪伴并见证了他的成长，有多少辛劳和欢笑，无以言表！他如今8岁，读小学二年级了，能写许多字、会算数，并开始思考问题了。看到他茁壮成长，我们感到无比欣慰和幸福！

前些天，他向我报喜，数学考了100分，还得了"课堂听写优秀奖"！电话里听得出他很高兴，也在乎我们的鼓励和肯定。孩子是我们的未来，也是祖国和民族的未来，我们要倍加用心和用情呵护他的成长！

晚上听说，他爸爸从厦门赶回南昌陪他过生日了，他很高兴。又听他外婆说，他很依恋爸爸，时常会给爸爸打电话。他很喜欢篮球，双手在篮下投球命中率可以达到80%以上，运球稳定，冲抢积极，要努力培养和引导好他这个健康向上的兴趣！他母亲为他的成长付出了诸多心血，给他报了许多的兴趣班，他很乐意，并学到了不少课外知识。他很诚实、很善良，情感也丰富，具备了优良的品性。他爱学习，也爱听故事，小时候就是听着"巧虎"长大的，后来又听"凯叔讲故事"，很用心。近来又在坚持每天写日记，把每天的事用简单的话语记下来，这对将来提高文字水平、养成良好习惯的作用是难以估量的。

还听说，他可以独自乘公交车上学了，真的长大了！

宝贝生日快乐！

外公、外婆及全家人都爱你！

两个孩子回南昌了

暑假后的第一天，两个孩子就来新余了，一直是我们"服务"并"管"着他们，并在"实践"中结下了深厚的情感。在新余的一个多月时间里，我们为他们安排了众多的活动：参加了电视台举办的夏令营，参加了逸少阁的写字班，又去暨阳小学学打乒乓球；还去了武功山游玩，去了井冈山接受红色革命传统教育，可谓丰富多彩，名目繁多。孩子在新余的日子是甜蜜而又幸福的，两个孩子给了我们烦恼和忙碌，更多还是给了我们快乐和欢笑。

由于有突发疫情，他们要提前回南昌了，他们父母亲今天来接了。

依依不舍、眼泪汪汪，钧崽有一万个不情愿，千万个不舍得。他终究还是没有忍住，哭了起来，哭声不大，是呜呜地低声抽泣，泪水顺着脸颊滑落。他坐在沙发上，不肯挪动脚步。我伸手去牵他，他微微抬头看了我一眼，默不作声，似有千言万语，又似乎无可奈何，他的步伐很坚定，没有丝毫小孩子"撒赖"的举动。从家里出来到上车的路上，他一直紧抓着我的手，抽泣声仍然不断，他不时抬头望我，嘴里轻声却又特别真诚地说："阿公你要来看我！"

上车了，泽旻轻松、高兴、频繁地说："阿公、阿婆再见！"车子要开了，我说："钧崽听话，宝宝要去南昌上学了，阿公、阿婆过几天来看你，跟阿公、阿婆说再见。"他的抽泣声似乎更大了，手微微地摆动，嘴里没有一句话，我知道这无声胜过一切！

汽车开动了，我听到他的抽泣声越来越大，隔着车窗，我看到他一直在回头张望，那神态、那表情、那样子永远定格在我的脑海里。我的情绪似乎也有些变化，眼泪在眼眶里打转。

宝贝，我爱你！深深地爱着你！

我关心你的一切！注视着你的一切！期盼着你的一切！

我喜欢你的调皮，欣赏你的"霸道"，赞叹你的灵敏，惊叹你的思维，赞赏你的"不俗"。

我期盼你长大成才！更坚信你必成大器！

我有些怅然若失，忆想着两个宝贝在新余的几十个日日夜夜，若有所思，最后会心地笑了。

晚上，视频电话响了起来，我很少有视频电话，一猜就知道是钧崽打来的。泽旻很亲热而轻松地和我聊着，钧崽躲在后面，似乎欲言又止，又似乎是饱含相思之苦，"阿公，你要来看我！"钧崽声音哽咽、泪眼蒙眬。之后连续又打了几次，钧崽还是一句话："阿公要来看我！"

次日，电话声不断，电话那头的他一直哭着，很迫切，很坚定的语气，重复着那句话："阿公要来看我！"听到我含糊其词地回答，他进一步给我指明方向："你可以休工龄假，或者向你们领导请假，就说到南昌看外孙！"

钧崽感情之丰富胜过一切！

两个孩子去军训了

两个孩子去参加了为期7天由新余电视台举办的夏令营活动。他们带着好奇、期盼和向往，无比高兴。钧崀是早就决定了要去的，泽旻经过了一段时间的思想斗争，又看了有关宣传照片，最后决定去参加。充分尊重孩子的意愿，我们再加以引导，从而达到我们大家所希望的目标，如此很好。

他们第一次长时间离开大人的监管，第一次独立地生活，自己洗衣、自己睡觉、自己吃饭，在夏令营教官的管教下按时起床、按时训练、按时学习。孩子的潜力很大、孩子的伸缩性也很强。七天来，家长们一直在关注微信群，严格的管理、细致的安排、军事化的训练，让孩子们的耐力、规矩和精神都发生了深刻的变化，展现出了崭新的风貌。

夏令营当天下午3点举行了结营仪式，全体家长如约而至。七月的夏天，热浪滚滚，骄阳似火！在营地的操场上，"小战士"们整齐列队，在教官的训导下，展演着各式动作。"立正稍息""军拳""向左转向右转""感恩的心""唱队歌"等口令发出后，"小战士"们动作整齐划一，威武雄壮的身姿，铿锵有力的声腔，感动了在场的每一个人。一个多小时，火辣的阳光一直不知疲倦地炙烤着每位"小战士"，尽管一个个汗流浃背，也一个个晒得黝黑，但他们坚如磐石、意志坚定、神情专注，表现出了大无畏的"英雄气概"，让在场的每一位家长既心疼又惊叹。两位家长代表上台发言表达了大家的心声。泽旻作为优秀学员代表发言，他不紧不慢，吐字清晰、字正腔圆，既概述了全营的全貌，又谈了自身的感受，关键处还记得向大家来个军礼，发言得到大家一致赞美，也赢得阵阵掌声！

这是一段难忘的经历，也是一次有益的锻炼，它必将对孩子的健康成长起着不可估量的作用！

每个孩子既是每个家庭的期盼和骄傲，更是国家和民族的未来和希望，孩子的健康成长既是每个家庭之愿，更是国家和民族之福！

写给泽旻的信

泽旻宝贝：

你参加夏令营活动已经是第四天了，我们好想你，弟弟也天天念着你。你吃得好吗？睡得好吗？晒黑了吗？在夏令营好玩吗？和小朋友们相处得怎么样？这几天学到了什么？又感悟到了什么呢？

记得你这是第一次离开大人，独自参加活动，我们有些担心你，洗澡怎么洗？衣服洗干净了吗？晚上睡觉盖好了被子吗？我们知道泽旻宝贝是很优秀的，一切都会听老师的，也一定会照顾好自己的。

从微信群里我们看到了你的照片，跑步、登山、射击、撑旗、做操，唱国歌、看电视、提蔬菜、绘图纸、洗衣服、吃包子等等。看到你神情活泼、笑容灿烂，又听老师说，你在夏令营遵规守纪、团结友爱、尊敬老师、热爱劳动，我们感到无比高兴！

你射击的姿势很专业哟！

你撑旗的样子很威风哟！

你登山的劲头也很足哟！

还听说你是小队长，是旗手，还是"未来"队，我们更是兴奋！宝贝要带好队哟！要照顾好你队里的小朋友哟！处处要以身作则哟！

还有几天夏令营活动就要结束了，希望泽旻宝贝珍惜时光，好好学习、开心玩耍！孩子是祖国和民族的未来，你正处在长身体、长知识的时期，要吃好、睡好，更要锻炼好、学习好！要树立崇高理想，确立远大目标！要热爱祖国、热爱人民、心怀天下！努力做一个爱学习、爱劳动，守纪律、懂礼貌，品学兼优的好孩子！

我们记牢了，7月24日下午一定来接你，期待着泽旻宝贝满载而归！

钧崽的一天

早上6点，我们一起去打篮球了。

昨天晚上我就征求了他的意见，是一个人在家睡觉，还是随我去打球呢？我告诉他，早上时间很紧，行动要快，否则就打不了球，我再三强调，这么早，他如果不愿意去是可以在家睡觉的。

他明确地回答了我：要去！

于是，今天早上一叫他马上就起床了，并迅速地做好了一切规定动作（上厕所、穿衣服、洗脸、刷牙等等）。此前，我还告知他，今天早上我们去吃墨鱼粉，刷好牙是必须的。他很自觉地做好了一切，没有耽误一点时间。

爷孙俩很自由也很放松！一天时间，钧崽总体是自觉的也是有效的，他既玩了，也做了不少作业，尤其是不折不扣地完成了规定的功课。但也有些心不在焉，有些拖拖拉拉，有些不专心。在没有外界因素的影响下，他会很快进入状态，是专心的、认真的，特别是晚上效果很好，有几天都是11点睡的。

循循善诱很重要。既不要强压，也不要训斥，更不能恐吓！"心顺才能做好，意专才会认真。"鼓励加鞭策！

其实，关于学习这件事，钧崽知道许多，他的阿婆就经常讲了这方面的故事。学习的重要性、必要性他心知肚明。有一次在绿起公园玩得正欢，还是看打仗的电影，他都入迷了，但他说："阿公，我们还是回去吧！我还有作业要做。"那一刻我感动了！那天晚上他写作业到11点多，我早睡着了！

今天打完球我们一起去吃了墨鱼粉，我们一人一碗，考虑到他喜欢吃墨鱼，给他另加了10元墨鱼，他小心翼翼地提出想要一瓶旺仔牛奶，我也满足了他。

回到家里，我忙着洗澡、洗衣服，却故意不对他做任何安排。他玩了一会，有些忍不住了，很高兴却又试探性地问我："阿公，我上午做什么？"

我装着不在意地回答他："你自己安排吧！阿公洗完澡要休息一下！"

"那我先抄诗词，再写生字啰！"

"好的！宝宝自己安排。我们10点整去好日子超市。"我又补充道。

他听了高兴不已！很愉快又主动地开展"工作"去了。

见他如此主动并已经开始写作业，我故意离开他的视线，到房间去休息，也拿起一本书学习。

他不时来向我"汇报"："阿公，诗词抄好了！生字写好了！""我现在开始写数学啰！"

"宝宝很自觉，也很有安排！不要来吵阿公了，阿公要休息。"我又一次故意"冷落"他。其实，我心里一直是在关注着他的，欲擒故纵，我在这里用上了。

他把"好日子超市"戏称为"狗日子超市"，为此，我们俩笑了很久，笑得很开心！他很节俭，不曾多买一点东西。他问了许多，卡是哪里来的？卡里还有多少钱？在我的再三解释下，他也只挑了一两件东西，让我很是欣慰！他说，要留点钱等哥哥一起来买！随后又说，还是节省一点吧！

我在想，孩子是天真的，却也比较懂事。有时想买一件东西是内心的一种欲望，如果不满足他，他会时时想着，并产生逆反心理。彻底放开来又适当引导他规范他，他反而能很好地约束自己，这就是教育心理学。

到了晚上，他问我："阿公，我晚上做什么呢？"

"把空调打开呀！"其实，我知道他问的是什么，我却故意不谈作业的事。

"我是问晚上做什么作业？"

"你难道还有作业没完成吗？那你自己想想呀！"

于是，他愉快地开始写"曲"，我又适当地让他听写了三课的生字，并布置了一些数学作业，他全完成了。

"阿婆去花古山了，阿公又喝酒了，你自己管自己啦！"我很认真地对他说。

于是，这天晚上他自己洗澡，自己找衣服，自己拿毛巾。我又说："今天你当'管家'。"于是，当天晚上所有的灯是他关的，所有的门是他锁的，连房门都反锁了，空调、电风扇也定时了。

我信任他，他就有了责任心！

第二天起床，我一一表扬了他，并调侃他说："你怎么把房门都反锁了？我还以为是外面有人把我们锁在房间里呢！"他笑了，笑得非常开心！

"阿公，昨天早上的粉很好吃，我还要吃。"他突然对我说。

"可以呀！只要宝宝想吃。"

"就是太多了，吃不完，以后我们两人吃一碗就行，加一小碗粉，省得浪费。"（店里免费加粉）

我很惊讶并佩服他的观察能力，同时更欣慰他有节约的思想观念。

认真倾听、细细品味孩子的一言一行、一举一动，他是多么可爱、多么纯洁、多么明理，世界观是多么正确。

但，孩子毕竟是孩子，贪玩、贪吃、贪新鲜是天性！

另，到绿起公园无数次，他只坐过一次车，还是和哥哥一起坐的。每次问他坐车吗？他考虑片刻，回答我："还是不坐吧？"

认识了一个勤劳的人

他，身材精瘦而又矮小，体重可能100斤不到，身高大约1.65米，但看得出他全身的筋骨好得很。他的皮肤被太阳晒得黝黑，手和脚上的筋都突露得厉害，但步伐轻巧，行动敏捷，言语快而多。

见到他时，正值仲夏，天气炎热得很。他上身穿一件蓝色的T恤，下身穿一条长裤，那裤子似乎撑不起，松松垮垮的样子，裤脚却挽到了膝盖；脚下穿一双拖鞋，半旧不新的，脚指甲泛着黄，可能是长期在泥土中劳作的缘故。他脸上一直露着欣喜，跑上跑下、跑前跑后的，似乎片刻都不能停留的样子。

他近期得了一个孙子，今天办满月酒，请了一些朋友和亲戚。我侄女嫁给了他儿子，我陪同兄长一家应邀去参加今天的酒宴。那是一个比较偏远的村子，与新干、樟树接壤，是渝水区新溪乡的一个乡村，从新余驱车要一个多小时，路还难走得很。

第一次见到他是在去年，也是夏天。是他儿子和我侄女订婚，兄长邀我去当参考。那次，他对我说了许多他的"工作"，带我看了许多他的"家业"，一直滔滔不绝，他说得有劲，我也听得很有兴趣。我很喜欢听这样的故事，也很乐意和这样淳朴的人轻松交谈，还一直被他的辛苦和勤劳感动着！偶尔，我也会说几句幽默而又带鼓励的话，"你头脑灵活""你能干得很呀！"他听了劲头更足，谈味更浓，露出很得意的神态。他讲了许多"骄傲"而又"自豪"的故事，"炫耀"了许多他吃苦耐劳得

来的业绩。他妻子在一旁听了，似嗔似笑地插话："别听他在这里吹牛。"他有些尴尬的样子，却仍意犹未尽，一直沉浸在美好而又得意的回忆中。那一次，他喝了不少酒，有些醉意。他儿子在一旁说，他不会抽烟，会喝点酒，也喜欢喝点酒，但又喝不了多少，每次都喝醉，一喝醉就话多。

他生育了三个女儿、一个儿子，儿子是最小的，儿女如今全都成家立业了。他还帮儿子在新余市里买了一套房子，花了60多万元。他在家种了23亩多水田，5亩多旱地，其中双季稻18亩，一季晚稻5亩多，每年可以收稻谷4万多斤。他告诉我，儿子长期在外务工，种田耕地主要是他老两口。他经常是天不亮就起床，先把家里的农事做完，在早上8点以前赶去做工，一般在家里附近的工地上做小工，90元一天的工钱，还可以吃两餐饭加一包香烟。他说，去年一年共做了260个工，赚了近3万元钱。我对他说，现在儿子都成家了，可以少种一些田了。他回答我，趁现在还能做，多少可以帮儿子减轻一点负担。简单而又朴实的回答，让我有些动容！

酒席办得很丰盛，满桌子菜。我说，天气这么炎热，这么多的菜吃不了会浪费的。他答道，在农村是这样的，办酒席要讲脸面，酒席的好坏人家会传出去的。我无言以对，传统习俗不是一人一力一时可以改变的。他儿子在旁边接过话说，平常在家父母亲非常节省，很少买荤菜的，就是自家鸡、鸭生的蛋也舍不得吃，要留着送女儿、外孙。或许，我们可以从这些事例中窥探出中国农民的秉性吧！

他又带我去参观了村子里酿酒的地方，就在袁河边，灼热的太阳底下，一套简单的装置，晶莹剔透的酒从导管里细细流出，附近空气里弥漫着阵阵酒香。他告诉我，这里长期以来就有酿酒的习俗，酒是糯米酿造的，纯得很，我们管它叫南风酒，新余电视台前些时间都来拍电视片了，很有名的。昨天，他家也酿了几十斤，要我一定带些回去品尝，我笑笑不置可否。

过了些日子，听说他儿子又出门务工，他妻子也到儿子家帮忙带孙子了，留下他一人在家劳作和生活。又听说"双抢"过后，他从老家带了一担米和一些蔬菜，还拿了些钱来城里看孙子了。据兄长说，那次他是用一根木棍挑着一担米从新余汽车东站走路到城北儿子家的。这次我特意和兄长通了电话，要他叮嘱自己的女儿，加倍地礼敬和尊重这样的家公。

艰辛劳作、勤劳致富、哺育后人！我们的社会的确需要更多这样简单却又纯正的思想，需要更多这样淳朴而又真实的情怀，需要更多这样踏实而又勤劳的人们！

今日鼓浪屿

又一次来到鼓浪屿，前一次来已记不清是哪一年了。估计已有20多年，依稀记得是参加政协学习考察，乘轮船来到厦门的，并住在新余驻厦门办事处。那时的鼓浪屿留给我的记忆依然清晰，秀美的自然环境，浓郁的文化气息，厚重的历史底蕴，给人们以无尽的遐想！

今天我又来了，一家人带着两个小外孙。

骄阳强劲得很，灿烂的光芒把整个厦门映照得透亮！海面在阳光的照射下，波光粼粼、耀眼迷人。海平面上的那一片天空清亮得很，大金门、小金门及各个岛屿，还有海面稀散飘浮的船只，尽收眼底。尽管已是深秋，气温仍然很高，未曾出行我已是汗流浃背。上午9点多，海滨路码头边已满是等待登岛的人群，据说，节假日鼓浪屿每天只允许3万人登岛，如果不是事先预约购票，是难以如愿以偿的。从空中俯瞰鼓浪屿，她只是一个弹丸之地，面积约1.9平方千米，是她深厚的人文历史吸引了四面八方的人们，独特的地理位置、秀美的自然环境和丰富的人文历史的完美结合，被人们誉为"海上花园"。

鼓浪屿原名"圆沙洲"，别名"圆洲仔"，南宋时期被命名为"五龙屿"，明朝改为"鼓浪屿"，因岛西南海滩有一块两米多高，中有洞穴的礁石，每当涨潮水涌，浪击礁石，声似擂鼓，人们称"鼓浪石"，鼓浪屿因此而得名。

从海滨码头乘船不到10分钟，就到了鼓浪屿。导游小姐热情地为我们娓娓讲述着鼓浪屿的历史与人文。她说，鼓浪屿也称"琴岛"，中西方文化在这里交融，幽雅浪漫的人居环境，造就了鼓浪屿悠久的音乐传统，岛上有一百多个音乐世家，人均钢琴拥有率居全国之首，"钢琴之岛"由此而来。

两个小家伙似乎不是很感兴趣，他们幼小的年纪对这些似懂非懂，更多的是孩童的天真和乐趣。

我一直在寻找和回味鼓浪屿当年带给我的感觉和美好！

热闹的人群和浓烈的商业气息已掩盖和稀释了鼓浪屿的本来风貌。嘈杂的人群、满街的摊点及生意兴隆的餐饮，使本已狭小的街道显得很是拥挤，不少历史风貌建筑门前摆放的小商品摊点让人觉得极不协调，人们无暇品味和思考这个美丽小岛的神韵和给今天带来的启示。导游说，岛上已很少有原住民了，外来人口基本占据了岛上的各行各业，他们从拖板车、卖苦力开始，逐步发展扩张，直至今天在这个岛上占有一席之地，有些已是第二、第三代了，可谓千辛万苦。

岛上密集分布着别墅、庄园、教堂及各国领事馆旧址，这些建筑造型独特、风格各异，虽历经风霜仍保持着它原有的风貌。骄阳仍不知疲倦地直射着小岛，两个小家伙已有些倦意，吵着要回宾馆，同行的朋友给他们买了一个小电风扇，新颖奇特的小东西让两个小家伙情绪稍有安稳。

"阿公，你出了好多汗，衣服都湿了，快来吹电风扇，好凉快！"钧崽这一细微的举动让我内心感到无比欣慰！欣慰中又似乎让我看到了他光明的未来！

导游仍在耐心讲解着每个建筑物的历史和它所承载的辛酸故事。这是德国领事馆旧址，这是西班牙领事馆旧址，这是英国、法国领事馆旧址等等。在日本领事馆前，导游指着附设的警察署和监狱说，这里曾关押过无数爱国者和无辜百姓，他们或被送到日本当劳工，或被折磨致死。听到这些，我内心感到无比凄凉。"祖国要强大，民族要复兴"的强烈愿望油然而生！

协和礼拜堂是一个汇集了鼓浪屿古老传统和历史内涵的基督教堂，它外表白色、圣洁端庄，据说这里是现代文学大师林语堂与夫人廖翠凤举行婚礼的地方。导游为我们讲述了这一童话般的爱情故事：林语堂是牧师林至诚的儿子，他一直热恋着同学的妹妹陈锦端，陈父是当地著名的医生，陈家是当地的首富，而林语堂的家庭非常普通，陈父坚决反对他们在一起。但他又认为林语堂外表英俊、才华非凡、聪明过人，所以向他推荐了隔壁邻居家的女儿，这个人就是廖翠凤。廖家开始也不同意这门婚事，廖母心疼女儿，劝她说，虽然林语堂是个不错的小伙子，但他是穷牧师的儿子。廖翠凤坚决地对母亲说："贫穷算不了什么！"也正是这句话坚定了林语堂迎娶廖翠凤的决心。结婚后，林语堂当即把婚约书撕掉，并说"婚书只有离婚才用得上"，他的这一举动意味着要与廖翠凤携手终生、白头偕老。后来两个人收获了50多年的美满婚姻，演绎了一段美丽动人的爱情故事。

毓园景色雅致、风光秀美，它是我国妇产科开拓者、卓越的人民医学家林巧稚的纪念园。纪念馆内翔实的文字和丰富的图片记载着这位女性朴实而又伟大的一生，她把毕生都奉献给了医学事业，虽然她终生未婚，却亲手接生了5万多个婴儿，被人们誉为"万婴之母""生命天使"！在毓园四周，置放着一些被雕刻成书本模样的花岗岩，上面誊写着林巧稚的语录："新出来的太阳比什么都好，我爱这明朗的天空和这明朗天空下的生活！""我所经历的一切都告诉我，成功，唯一靠得住的经验就是勤奋，一勤奋天下无难事！""只要我一息尚存，我存在的场所便是病人，存在的价值便是医治病人！"多么伟大的女性！

鼓浪屿的街狭窄而幽深，这里的每个建筑、每棵树、每个门楼，甚至于脚下的每块铺路石，似乎都有着岁月和历史的印迹，蕴含着丰富而又动人的故事。

到海边了，听说要去玩沙子，两个小家伙顿时兴趣倍增。换上泳衣，打着赤脚，在灼热的太阳底下，戏海水、铲沙子、挖沙坑，弄得满身的海水和沙子，也还是流连忘返。

返程的路上，两个小家伙一直依偎在我的身边。"好玩吗？""你们在鼓浪屿看到了什么呀？"我启发性地问。

"我看到许多漂亮的房子！"泽旻率先回答。

"我看到许多好高好大的树！"钧崽也不落后。

"我看到了大海！""我看到了沙滩！""我看到了轮船！""我看到了灯塔！"两个小家伙争先恐后地抢答。

"我看到了鲜艳的五星红旗在大海上迎风飘扬！"

球趣

我喜欢打篮球，已经有20多年了，至今仍在坚持。然而，我的球技一般，尤其是运球和突破能力不强。但我也有一个突出特点，就是在三秒区外围，转身、侧步、后仰投篮命中率很高，所以我又是得分主力。也正因为有这个特点，使我在球场一直保持着较好的优势，并颇受人喜欢；也是这个优势一直支撑着我在球场的自信，并至今日。篮球给了我健康的体魄，也给了我快乐，还让我结识了许多球友，它丰富和愉悦着我的业余生活！

清晰地记得，我在新余打球缘于1998年的某一天。那时，我住在市委二大院，院内球场每天早上都有一群人在那里打球。这一天，他们少了一人，而我刚好在球场边散步，于是我被一个熟人拉上了场。也就是从这一次开始，我便与篮球结下了不解之缘。由于先天不足，基本功不扎实，接球不稳，投球不准，突破又不强，运球还经常被抢断，我在球场上受尽了他人的"欺凌"，内心"憋"得很！见到别人在球场上健步如飞、生龙活虎，运球如行云流水，投球百发百中，心里羡慕得不得了。后悔从小没有得到锻炼，以至于今天望球兴叹！

　　曾记得小时候，中学落户在我的村里，在村里的后背山建了一个篮球场，那场地是泥巴的，还间杂着许多石子；篮板是木制的，镶嵌在铁制的球架上，时间长了，会有些松动，摇摇晃晃的；那篮筐是铁制的，雨水的侵蚀，使得它锈迹斑斑。放学后，球场成了孩子们的乐园，谁能拥有一个篮球是最兴奋和让人羡慕的事了，村里的孩子都会围着他转。那时的孩子不像现在，是没有专用篮球鞋的，穿上一双妈妈做的布鞋或是打着赤脚就可以上场，因此脚部经常被地上的石子碰伤，有时还鲜血直流，用纸或烂布包扎一下，又继续玩耍。天黑了，带着满身的泥土和汗水悄悄回到家里，躲在某个角落不敢出声，更不敢告诉父母受伤之事，唯恐受到责骂。"一天到晚就知道玩，家里的事不帮着做一点。"是父母说得最多的一句话。后来外出求学直至参加工作，或由于时间或由于场地的欠缺，很少与篮球接触了。

在二大院打球持续了十多年时间。每天清晨，来自四面八方的篮球爱好者聚集到球场，一个个睡眼惺忪，一个个也摩拳擦掌跃跃欲试。

"分边，快分边！"有人急不可待。

"由组织能力强，'德高望重'的人来分。"有人建议。这时球技好的人大家都争抢着要，球技一般的则成了"搭杂"。

"要不按到球场时间的先后，'前五'打'后五'？""德高望重"的人终于发话了。

"不行，不行，这样相差太悬殊了。"有人不同意。

"干脆'唐门'打'赖门'。"这是在球场长期的实践和玩笑中，自然形成的两个派别。没有人表示太多的反对，"德高望重"者再做一些微调，在一片争吵声中算是把边分好了。

不少人在球场被人取了外号，"蹲蹲""饼子""天勾"等等，都是依据他们的体形或投篮习惯而来的，却也有几分形象。球友们在球场上呼叫着各自的外号："'蹲蹲'，快传球！""'饼子'，快抢篮板！""'天勾'，快勾！"如果球进筐得分了，会赢来一片叫好声："好球，'饼子'！"要是失球了，则会招来一片"怒骂"："'蹲蹲'，你要死，这样的球都不得进。"大多是强势的"球星"骂普通的球员，被骂者往往后悔不迭、低头不语。要是受多了骂，他也会反击："你还不是也好多球没进。"

"哎呀！你还不认错呀，找死！""球星"往往会"火气"更大，嘴里一边骂一边追打着他。当然，这一切往往又都是假假的和玩笑的，发生在关系特别好的球员之间，它给球场带来许多欢笑和趣味。

二大院打球持续了很长时间，后来球场上经常会停一些车辆，使球友们打球受阻。为了能顺利打球，我每天下班后都会请保安去制止他们在球场停车，尽管采取了许多办法，但随着院内车子的增多，球场最终成了停车场。后来，偶尔也会有人来球场转悠，但看到这满球场的车子，也只好遗憾地离开，二大院"篮球事业"就此终结。

后来的一段时间，也不断有人召集，东打西打，终究由于没有固定场所，没有形成长效机制，球队还是散伙了。

有几年时间我到外地工作，仍然没有离开篮球。再后来，又听说北湖公园篮球场每天清晨都有人打球，我又加入了他们的队伍。这是一个打球的好地方，空气清新，树木环绕，球场又不受任何干扰。路途的遥远并没有阻止球友们对篮球的热爱。不用相约，也不用通知，天还是蒙蒙亮，来自城市各个角落的球友汇集在北湖，有认识的，也有半生不熟的，大家见面述说着昨天的趣闻，在一片欢笑声中开始了球场的"厮杀"。

在球场上好些球友都拥有着自己的雅号："神投""马不里""牛俚""小飞侠""刘一刀""擦板王""BY"等等，形象而又逼真地反映着他们在球场上的神态。新近球场又涌现出了个别"球霸"，他们不通情也不讲理，武断而又独裁，霸占着球场上的话语权，垄断着球场上的裁判权，让球友员望而生畏，敢怒而不能言，球友们送给他一个响亮的称号"球霸"！

由于没有裁判，是否犯规成了每天球场上争吵的焦点。较多的球友都会站在自己球队的一边，有的球友还不顾事实，不论自己是否亲眼看到，就跟着起哄："没有犯规，没有犯规。"

要是遇上见过大世面的"球星"，他则会说一些所谓高深的球理："这还没有犯规，你晓得什么叫犯规吗？""我打球的时候你还在地上玩泥巴哟！球是圆的还是扁的你知道吗？"

也有比较公正的球友会站出来慢慢吞吞地说："犯规，还是犯啦！"从而缓和双方的争吵。要是争吵还无法平息，这时球场上的"德高望重"者会站出来和事："算啦，算啦！打球不就是为了锻炼身体，出出汗吗？把球给他们。"争论双方似乎都带着满肚子的委屈，嘴里各自嘟囔着"这还不犯规""这也算犯规"又重新回到球场开始新一轮的争斗。

也有对犯规认定比较果断而又肯定的，特别是在运球上篮而又球没进时，他往往会拿着球就往球场外跑，或者说："拿球过来，拿球过来！"常引来对方疑问："干吗？干吗？"

"还干吗！打手犯规！"他很理直气壮地回答对方。要是对方还不认账，他会伸出手："你看，你看，手印还在这里，这是你打的吧？"

"你呀！挨都不能挨一下，球没进就说人家犯规，耍赖。"又是一轮的争吵，往往又都是在"算了，算了""不和你争""给你球、给你球"的吵闹中结束和平息。

也有因为是否犯规而争得面红耳赤、僵持不下的。A君年轻气盛、体魄强壮，冲抢能力很强，但球技平平。B君性格刚毅、个性鲜明，但球技颇佳。有一次B君防守A君，A君三步上篮球没进，A君咬定B君犯规，B君死不认账，双方争执不下，似有剑拔弩张之势。球友们劝说无效，"德高望重"者出面也无济于事。此时的A君情绪激动，两脸气得通红，他一边收拾东西一边嚷着："不打了，不打了！明摆着犯规还不认账，没意思，打这样的球一点意思都没有！"眼看就要不欢而散，因为缺少一人球赛不好继续。

此刻，球场上的C君款款而出，慢条斯理地说道："A君，我们不吵了，从现在开始就打一点'没意思'的球，好吗？"球友们听了哄堂大笑："噢！开始打'没意思'的球喽！"A君、B君便一笑置之，A君又重回球场。

球场上的趣事还很多，形形色色的球友，千姿百态的举动，五花八门的言语常常让我窃笑。在即将完成这篇趣文时，天在下着雨，球友们在微信圈里议论着："明天去哪里打球呢？要是北湖公园球场能加盖一个雨棚该多好。"

运动使生活更美好！国家倡导全民健身运动，生活奔小康，身体要健康；体育强则国家强，国运兴则体育兴。我们要成为体育强国，要培养一个强壮的民族，就必须从点滴做起，从基础工作做起，为人们多提供一些身边的运动场所。

"皮不传"

——《球趣》续一

　　《球趣》在"篮兄篮弟"微信群发出后，让不少球友捧腹，大家发表了不少看法，"感同身受""形象逼真""情趣盎然"；又说，"有味道""有意思""有笑料"。还有一酷似"球霸"的球友坦言，他从没看过这么长的文章，但《球趣》却从头至尾看完了，还一边看一边笑；并疑惑地到处问："文中的'球霸'不是讲我吧？"大家不置可否。许多"球星"对号入座，在文中都找到了自己的角色形象，唯有"球霸"这一雅号没人敢要，大家推三阻四、张冠李戴。

据大家说，自从《球趣》发表后，近几天球场上的球风好多了，"球星"们动作更文明了，说话更礼貌了，"耍赖"的也少了，"球霸"也难觅其踪了。文化的力量是无穷的，我回复大家说，这样的新气象正是我们所希望的！

大家在开心愉悦之余又觉得还不过瘾，齐声说还希望看到续集，并提供了许多素材，比如，"牛情绪""擦边王""皮不传"等等。为满足大家的意愿，于是我又挑灯夜写，并决定从写《皮不传》开始。

"皮不传"姓皮，顾名思义就是在球场上不传球，或者说是一定要到没办法时才把球传出来。他是哪位球友呢？估计大家应该心知肚明。此前，球场上赋予了他许多美称，"皮潇洒""皮随意"等等，但我还是觉得"皮不传"更为贴切和真实。

"皮不传"个头不高，身子还有些单薄，按常理他并不具备打球的优势。但他身体灵活，冲抢积极，动作潇洒，投球随意，而且跑位能力较强。

"皮不传"最大的特点就是喜欢要球，在球场上只要队友一拿到球，他就会不断地叫唤，"诶，诶！""皮不传"一拿到球就往里闯，很少传球或者根本就不传球，要是遇到空位，他的进球率还较高；要是对方防守到位，"皮不传"

的球往往就传不出去，或随意抛弃，或导致传球质量不高，因此也常常受到队友们的责怪。尽管如此，"皮不传"仍我行我素，从不"悔改"！"皮不传"的定点投篮动作很特别，目光斜视，球往前推，似打弹弓一般。在"皮不传"的身上，我们也可以找到"球霸"的影子，要是他三步跨篮球没进，他一般会说，"犯规，拿过来，拿球过来！"而对方却死不认账，"皮不传"往往以失败而告终。

"皮不传"偶尔会带家属来球场，这一天他的精神会特别抖擞，表现尤为积极，球友们也心领神会，创造诸多机会让"皮不传"尽情发挥。"皮不传"浑身柔软，动作文明，与之对抗受伤风险不大。因此，尽管"皮不传"偶尔会受到队友的"责怪"！但他却颇受"敌对方"的欢喜，我就尤为喜欢和"皮不传"对抗。

"皮不传"的综合素质很高，除了"不传球"的瑕疵外，他举止有度，风趣开朗，与人为善，是我们学习的榜样。

向"皮不传"学习！

"牛不防"

——《球趣》续二

　　大家一直在期盼着《球趣》的续集，我也一直在观察和思考续集该写什么？写哪位球友？大家提供了许多人物原型，但总觉得缺乏完整性和生动性，一直落不了笔。本想把"球霸"描述一番的，但自从《球趣》刊出后，个别酷似"球霸"的球友收敛了许多，文明了许多，在球场上也难觅其踪影了。

　　思来想去，还是觉得"牛不防"的个性鲜明、形象突出一些，只好拿他来"开涮"了。

　　"牛不防"在球场上有诸多特点，有一句话总结得很到位，那就是"进攻像牛，防守像羊"。也就是说他强于进攻而疏于防守，或者说有时他根本就不防守，故而，封他一个"牛不防"的"雅号"是较为贴切的了。

球友们给了他不少别称，"牛哩""猛男"等等。其实，这是说他体魄强壮、体态威猛、气壮如牛，这正是球友们所向往和渴求的，也是我们打球的最终目的。也有人很神秘地说他"三天不喝，丢碗搭（da）勺"。猜想这可能是说他有些酒瘾，我不知道他的酒量，但能吃能喝就是身体健康的体现，也是人们所羡慕的。

他打篮球进攻的态势很凌厉，还伴随着大声吼叫，给队友们提振了不少精神。他右手运球，左手会伴随着一些动作，指指点点，好心的队友为他挡拆，又似乎不如他的意，常让他唉声叹气，也让他的队友不知所措。他的跳投命中率很高，但他的传球是不到位的，常常导致失球，也让他"哎呀，哎呀！"叫个不停。分析其原因，一是他根本就没有传球的打算，是对方防守到位了，在没办法的情况下才把球传出；再是他想当然，认为队友一定要跑到他想象的位置，这自然是很高的要求了。

他喜欢说"拜拜"，特别是在他进第五个球（五个球下台）的时候，伴随着他的跳投动作，他的"拜拜"说得很利索、很爽朗，也很奏效。在球场上他的对手不多，然而，"马不里"却是他的克星，常常让他一早上一球难进，不知道他体会到了吗？

在球场上，他的情绪波动很大。不少球友说，他打的是"情绪球"，在"顺风"的情绪下，他的作用发挥得很好；要是几个来回他还没拿到球，或是多次投篮不中，他的情绪就会低落，无精打采、慢慢悠悠，既不抢篮板，也不防守，在球场上有如闲庭信步。有经验的"球星"往往会利用他的这一弱点，先把他的情绪搞坏，那么他们就稳操胜券了，不知道他意识到了吗？

"牛不防"，他的优点很突出，他的缺点也很明显。他是一个优秀的球友，富有潜力也很有培养前途，希望他能发扬优点、克服缺点，早日成为大家的楷模！

"球不霸"

——《球趣》续三

　　他一直不承认自己是"球霸"，并今天说张三，明天说李四是"球霸"，常惹来不少争论。如此，我们也不能强行把"球霸"的帽子往人家头上扣了；再者，近来的种种迹象表明，他的言谈举止已朝着"不霸"的方向发展了，为平息争论，也为了鼓励先进，我们暂且给他一个新号"球不霸"，这也算是实至名归了，猜想他应该不会有太多的推辞和异议。

　　"球不霸"五官端正、体态敦实，脸色红润、满头乌发，很是健康的体魄，他个头不高，肚子却很大，故而又显得有些肥胖。据说，"球不霸"打篮球的历史悠久，在篮球界享有较高的"声誉"，用"家喻户晓、人人皆知"来形容可能也不为过。"球不霸"又属一个有争议的人物，球友们对他褒贬不一，常被球友们戏封为"球霸"。

"球不霸"说话有些调皮，但上升到一定的高度，却也是幽默的表现，他的语言常给球场带来活力，也常引发争论。"球不霸"喜欢运球，但步伐不稳，有时会刹不住车，经常会导致"走步"，或是他那肥胖的肚子冲撞他人。"球不霸"的三分球有时很准，伴随着他的自言自语"早就要给我球呗！"，进球后那沾沾自喜的神态常让人窃笑！

"球不霸"经常会显现出他运筹帷幄、把控全局的"雄才大略"。要是球赛刚开始，对方进展顺利连中数球，眼看势头不对，在此关键时刻，他会挺身而出"不算，不算，我还没弄清楚和谁一边呢？""重新来过，现在正式开始"。他的"把控"能力常让对方哭笑不得，也常使自己的球队反败为胜。有时他也会根据球场态势，重新调整布防，而且会取得出奇的效果。"是吧！这就是用兵之道，我来拖住他，给你腾出空间和位置，让你尽情发挥。"取得胜利后，"球不霸"会及时总结经验，让队友们明白并承认他的神奇作用和价值。

"球不霸"屡战屡败，却又屡败屡战。"这是让你们的，有本事再来"是他常挂在嘴边的一句话，初听好似阿Q精神，但细细品味，却也品出了"球不霸"对输赢的从容淡定，不计较一时得失，以及坚韧不拔的精神风貌。不少球友常说他"霸占着球场上的话语权，垄断着球场上的裁判权"。"球不霸"在球场上的确喜欢争论，有时也不论自己是否亲眼所见，百分之百地会站在自己的球队一边。"球不霸"在球场上争论的语气很坚定也很果断，"这肯定犯规啦！""这当然没犯规！"是他在球场上的常用语，他的"坚定"常让对方无可奈何。"球不霸"也有理屈词穷的时候，要是争论的结果呈压倒性态势，甚至他自己一边的球友也不支持他的观点，"球不霸"虽心里无可奈何，嘴上仍不服输，慢慢吞吞、自言自语道："这个——怎么说呢？"

在球场上会有不少球友选择和他一边，目的是"贪图"他出色的口才，以及义无反顾肩负起"球场争论"重担的奉献精神。

随着时间的推移，我们又惊喜地发现，"球不霸"在球场上尽管喜欢争论，但他从不较真，更不会动怒，这是"球不霸"的难能可贵之处。

　　"球不霸"表面说话调皮，实则心如明镜，他的"霸占"和"垄断"有时会混淆球场视听，有时却也给球场带来活跃和气氛。他处事泰然、宠辱不惊、"胜则骄、败则不馁"的精神也是值得我们学习的！

"明人不说暗话"

——《球趣》续四

近来球场上流传着一句顺口溜："明人不说暗话"。它风靡球场，成了许多人的笑料，还变成了不少人的口头禅。它出自某个星期六的早上"篮兄篮弟"微信群里的聊天记录。因为前一天的晚上下了雨，早上5点多，球友们就在微信群里议论：

甲问：北湖地面干了吗？可不可以打球？

乙答：打电话问问老廖。老廖你到了吗？

廖说：还没到，应该可以打。

这时，丙出来说话了："明人不说暗话，北湖应该可以打。"随即丙又补充说："要是不下雨就可以打。"

丙有可能是个"明人"，可他说的话却不是"明话"。"可以打"又加一个"应该"，这说明他也没有到现场，属主观臆断；再加上一个"不下雨就可以打"，更使情况扑朔迷离，让"篮兄篮弟"微信群的广大球友摇摆不定、无所适从。可他又有"明人不说暗话"作保证，于是让一部分球友信服了，去了北湖球场。最终还是因为北湖球场地面没干，全体球友转战九中。

丙主观上可能想做个"明人"，也不想说"暗话"，可是由于没有深入实际了解情况，仅凭主观想象，最后他的话即使不是"暗话"，但也不能算是"明话"，定性为"不明不暗"的话是比较贴切的了。

球场上"明人不说暗话"的事例屡见不鲜。

A君一直不承认自己是"球霸"。他说，他实在没有资格当"球霸"，比他"霸"的人还很多，大家要把真正的"球霸"找出来。他坦言，自从戴了"球霸"的帽子，浑身不自在，戴又戴不住，卸又卸不了。在球场总是放不开，受到诸多的约束，一想到自己"尊贵的身份"，想讲的话不敢大胆讲，想犯规又不敢大胆地犯，有时想要赖也不好意思了。我相信A

君说的是"明话"。据观察并有球友们一直反映，近期以来，A君的确收敛了许多，改正了许多，进步了许多，文明了许多。但A君仍有不少"恶习"未改，在球场上还会说不少"暗话"：明摆着是自己输了，他偏要说是让别人的；明明是人家进了3个球，他偏要说是2个甚至1个；明明是他防不住，他却要说是为了顾大局等等。他的这些"暗话"至今仍在"扰乱"着球场的秩序，"混淆"着球场上的视听。但同时我们又非常明白，他的这些"暗话"是诙谐而又幽默的，是故意而为之！

B君球技颇佳，运球自如、投篮很准，尤其是零角度都能进球，让不少球友羡慕。B君还有一个特别的动作，就是飘移，很潇洒，也很流畅，他也常以此而自豪！球友们给了B君一个不错的"雅号""隔壁老王"，又说他是经过大赛见过大世面的"球星"。B君在球场上一般不太喜欢争论，说"明话"较多。但偶尔也会说一些"暗话"，比如，"一天一'倒'，洗锅抹灶！三天不喝，丢碗搭勺！"他的这些"暗话"常让球友们疑惑不解，似懂非懂却又啼笑皆非！

C君豪侠仗义，喜欢主持公道，在球场上说了许多"明话"，也做了不少"明事"。某一次，我与C君就"球霸"问题深入交换意见，我说"球霸"不一定是贬义的，其中包含了诸多的褒义。C君表示疑惑：啊！"球霸"还能是褒义？我又说，真正的"球霸"在球场上是有充分的话语权的，能主持公道，说的话能让大多数人信服。C君又说，他自己就喜欢主持公道，是对就是对，是错就是错。C君说到这里似乎明白了什么，疑惑地问："你不会说我是'球霸'吧？"我不置可否、笑而不答，果真如此，新的"球霸"诞生了，A君可以卸任了。

近期，球场上来了一个年轻人，他体格强壮、威猛气盛，我们暂且称他为D君。D君不苟言笑，很是严肃，平常在球场说得最多的一句话就是"规、规"，"犯"字都省略了，真是惜字如金。有一次，他三步上篮，就是否犯规问题与他人发生了争执，他似乎气愤难平："都由你们说了算，不和你们争。"他似是在赌气，又似是在发泄心中的不满，客观上也把自己放在了全体球友的对立面。这是最典型的"暗话"，这样的"暗话"我们是不提倡的，甚至是反对的。事后，诸多球友认为，D君还有很大的空间可以提高和改善。

E君看上去文质彬彬，戴副眼镜，有点领导的风范。他来球场次数不多，却成了球场的焦点人物。他高谈阔论，就球技和犯规问题从理论到实践发表了诸多见解。E君自称从13岁就开始打球，见多识广，积累了丰富的经验和见识。我们相信E君的见识和水平，也认为他说的话都是"明话"。但同时我们又认为，最好的"明话"是要能说服人、影响人。很显然，E君的"明话"还没有达到这个境界，甚至诱发了球场更多的混乱和争执。把"明话"说好不容易，它不仅需要见识和水平，更需要艺术！

球友们对"马不里"褒贬不一。我倒认为"马不里"还是个比较优秀的球友，他尽管身材矮小，却能娴熟地利用自己的技术和身体，在球场上发挥作用。"马不里"也是个说"明话"的人，要改善的是他那躁动的脾气！

"BY"是球场上素质提高最快，进步最明显的球友。他真挚朴素，心口一致，往往能用最简洁的语言表达内心的快感！说出了最有效的"明话"。要克服的是他那经常推磨般的运球方式。

"皮不传"仍在我行我素，没有太多改正。但他不瘟不火、不急不躁的良好品性是值得我们学习的。印象中"皮不传"也是不说"暗话"的人。

大多数球友也是说"明话"的人。

今天，我们赋予"明人不说暗话"更深刻、更丰富的内涵。我们提倡说"明话"，但也不完全反对说"暗话"，有些"暗话"也可以给我们带来笑声和乐趣。

愿球友们快乐！

"借了米，还了糠"

——《球趣》续五

　　这是农村的一句谚语。字面意思是指，别人借了他的米，却还糠给他。而我们引申的含义是，这人满脸不高兴，在生闷气，对周围的人和事不满，给别人脸色看。

　　我想这应该是"借米"人的不对，你借了人家的"米"，不算利息就不错了，为什么还人家"糠"呢？人家不高兴给你一点脸色看，也算是正常的了。可这句谚语似乎不是在谴责"借米"的人，却是在讥笑在这个借贷活动中，做了好事却又吃了亏的人。

北湖球场来了一个年轻教练，神态严肃、表情生硬、冷若冰霜。一个球友的家属见了之后脱口而出：这人像"别人借了他的米，还了他的糠"一样！其实，人家很可能天生就是这样的表情，或是长期的教练生涯形成了如此的表情。可偏偏这样的表情让人产生了错觉，误以为他是不高兴。

看来人的表情是很重要的，芸芸众生，一样的谷米养千样的人，我们不可能要求每个人的表情是一样的，那样人类也就无法区分了。谁都希望自己有一个甜美的外表，这样可以给他人一个很舒服的感觉，也可以成为人际关系的润滑剂。人的表情一部分是天生的，而另一部分则是受内心情感支配的。

喜怒哀乐爱恶欲，每个人都有七情六欲。遇到高兴的事会开怀大笑，遇到痛苦的事则会满脸哀伤，遇到不高兴的事则会闷闷不乐等等；此外，还有惊讶、无奈、憎恶、冷漠、郁闷、仇视、思考等无数的表情。一般来说，正常人的脸部有6种基本表情，细细分辨人的表情有7000种以上，真可谓千变万化。

尽管人们一直告诫，要开心快乐地生活！但现实生活中的种种情况总会左右着人们的心情，进而表现出各样的表情。球场上球友们的表情也是千姿百态、丰富多彩的。

　　"德高望重"者成天嬉皮笑脸、嘻嘻哈哈，有如一个老顽童，根本在于他悟出了篮球的真谛！

　　"皮不传"在球场潇潇洒洒、随随便便、喜笑颜开，一定是别人"借了他的米"也还了他"米"，甚至可能还给他"有机米"或是"生态米"；但在某些情况下，他也会遇到"借了米，还了糠"的表情，这让他浑身不自在。

　　"牛不防"顺风时，精神抖擞、劲头十足、百发百中，伴随着他的仰天长啸，把自己的优势表现得淋漓尽致；在逆势时，则无精打采、唉声叹气、闷闷不乐，把"借了米，还了糠"的表情写在脸上。

　　"隔壁老王"似乎一直很平静，可能没有遇到过"借了米，还了糠"的事情。他有一个特点，喜欢"看情况"，当争斗双方比分4:4时，他的"看情况"发挥了很好的作用；他还喜欢看美女，有一次，一个美女从对面走过来，他很本能地"哎呀"一声，他可能意识到什么，随即又伸起手"哎呀，手痛！"以掩饰前面的"哎呀"！让周围的人忍俊不禁！

　　"马不里"许久没有来球场了，让人有些想念。尽管他的脾气有些急躁，有时还会怒目圆睁、慷慨激昂，但他是敢于斗争，又善于传球的。他有话就讲、有气就出，很少显露出"借了米，还了糠"的表情，这对健康是有好处的。

"阿保"进步惊人，现如今是口若悬河、妙语连珠，常给球友们带来快乐和笑声！真是青出于蓝而胜于蓝！

"球霸"表现好了一段时间，有人说他近来又开始"耍赖"，尽管球友们知道他是明知故犯，但还是希望他公正、公平一些。

每个人的性格是与生俱来的，每个人的表情也是受现实所影响的，我们要包容各种各样的差异，更要理解他人的情感。

我们要反对和谴责"借别人米，还别人糠"的人，更要理解和同情"被别人借了米，却还了糠"的人！

祝愿球友们元宵节快乐！

自知之明

——《球趣》续六

　　"自知之明"出自《老子》第三十三章："知人者智，自知者明。"意思是说能了解、认识别人是智慧，能认识了解自己才算聪明。自知之明就是指能清楚地了解自己的能力、优缺点，即对自己有正确的认识。

　　自知之明有一则成语故事：齐威王的相国邹忌长得相貌堂堂，身高八尺，体格魁梧，十分英俊。与邹忌同住一城的徐公也长得一表人才，是齐国有名的美男子。

　　一天早晨，邹忌起床后，穿好衣服、戴好帽子，信步走到镜子面前仔细端详全身的装束和自己的模样。他觉得自己长得的确与众不同、高人一等，于是随口问妻子说："你看，我跟城北的徐公比起来，谁更漂亮？"

他的妻子走上前去，一边帮他整理衣襟，一边回答说："您长得多漂亮啊，那徐先生怎么能跟您比呢？"

邹忌心里不大相信，因为住在城北的徐公是大家公认的美男子，自己恐怕比不上他，所以他又问他的妾，说："我和城北的徐公相比，谁更漂亮些呢？"

他的妾连忙说："大人您比徐先生漂亮多了，他哪能和大人相比呢？"

第二天，有位客人来访，邹忌陪他坐着聊天，想起昨天的事，就顺便又问客人说："您看我和城北的徐公相比，谁更漂亮？"客人毫不犹豫地说："徐先生比不上您，您比他漂亮多了。"

邹忌如此问了三次，大家一致都认为他比徐公更漂亮。可邹忌是个有头脑的人，并没有就此沾沾自喜，认为自己真的比徐公漂亮。

恰巧过了一天，城北的徐公到邹忌家登门拜访。邹忌第一眼就被徐公那气宇轩昂、光彩照人的形象震住了。两人交谈的时候，邹忌不住地打量着徐公。他自觉自己长得不如徐公。为了证实这一结论，他偷偷从镜子里面看看自己，再调过头来瞧瞧徐公，结果更觉得自己长得比徐公差。

晚上，邹忌躺在床上，反复地思考着这件事。既然自己长得不如徐公，为什么妻、妾和那个客人却都说自己比徐公更漂亮呢？想到最后，他总算找到了问题的症结。邹忌自言自语地说："原来这些人都是在恭维我啊！妻子说我美，是因为偏爱我；妾说我美，是因为害怕我；客人说我美，是因为有求于我。看起来，我是受了身边人的恭维、赞扬而认不清真正的自我了。"

人在一片赞扬声里一定要保持清醒的头脑，要有自知之明，才能不至于迷失方向。

近来，北湖早球场又流行一句口头禅："这个人综合素质很高！"而且是在他突破和投篮的关键时刻给予赞美！被赞者听到赞美往往是会心一笑，从而导致手脚变形、突破受限、投篮不准。而这正是对方所希望的，通过这样的赞美影响他的情绪，使他飘飘然、美滋滋、忘乎所以，从而达到干扰他的目的。这句听似有些玩笑的话，从某种意义上说，也是对方的一种战略战术。

充分认识到自己的优点，又清醒地意识到自己的不足，既不为他人的赞美而骄傲，也不为他人的批评而气馁，这才是真正综合素质高的体现。

"皮不传"是"胜不骄败不馁"的典范，尽管他常受到队友的责怪，却颇受对方的喜欢。"牛不防"好久没有来球场了，也不知什么原因。"胜则骄败则馁"在他身上体现得淋漓尽致，进球了精神抖擞、气壮如牛，失球了则唉声叹气、无精打采。"球霸"尽管进球率不高，但他一直肩负着球场争论的重任，统筹着队伍的全局，让队友们轻松了许多。"冰胡"进步惊人，从开始在球场上"横手蹩脚"，到现在的运用自如，抢篮板堪称一流。据说，他天天在家看NBA（美国职业篮球联赛）并对照着学习。

近来，"球星"们就走步问题又进行了深入的交流和讨论。球场上就是否走步问题而争论是常事，大多数球友都会站在队友的一边，但有默不作声的，也有模棱两可的："这种情况在NBA算走步，在CBA（中国职业篮球联赛）就不是了。""这种情况，裁判是不会吹的。"还有个别球友偶尔会站在对方一边，劝他的队友："你就是走步啦！把球给人家。"从而显示出了他的公正和大公无私！赢得了广大球友的尊敬和佩服！

我们都是凡人，都有缺点和不足，难以做到尽善尽美。人贵有自知之明，我们只有充分地发扬自己的优点，不断地克服和改进不足，就一定能成为综合素质高的人！

祝球友们快乐！

尊重企业，尊重劳动

——《球趣》续七

因为篮球结识了一位球友，后来参观了他工作的公司。其公司生产不锈钢产品及有关大型设备传输带的滚轴，占地近100亩，有100多个员工，占地60亩的二期工程尚在筹建之中。公司的销售额和利润，该球友不是十分清楚，我也就无从得知。

天空下着绵绵细雨，冬日的天黑得特别早，不到6点就已经有些夜色了。步入公司，首先看到的是满院子停放的小车，听到的是轰鸣的机器声，很有生机的样子。我的第一印象是，这样的公司肯定不错！公司的办公楼不大，却很是别致，球友把我们迎进了他的办公室，他的办公室显得有些凌乱，办公桌上堆放着资料、台账及密密麻麻手写的各种生产计划书、安排表等等。一看就让人们感觉到，办公室的主人是忙碌的、细心的，每天的工作量也是不小的，对他的尊敬之情油然而生！果不其然，他是负责整个公司生产的，他要根据公司的总产量，做出每天的生产计划，并落实到各个车间、每个工人身上。

车间里一派繁忙的景象！机器在不停地转动，噪声不小。工人们穿着工作服，满是油渍，他们或聚精会神地操作着机器，或搬运着各种原材料和产品，很是忙碌和辛劳！见到一个个产品从工人们手中生产出来，它即将走出工厂，走进千家万户，服务着人们的生产、生活。我在内心发出感叹！工人们在真正地为社会创造物质财富！一个国家和民族的发展振兴还是要靠无数个这样的实体经济！

据了解，这家公司的前身是一个国有老厂，传统产品为相关机械设备传输带的滚轴，或修复大型滚轴。在现场我们见到了几个正在维修的滚轴，直径足有两米多，重达几吨，望着这样的庞然大物，我内心是惊叹的！如今公司又开发了一些不锈钢产品，从原材料进厂到产品出来，要经过十几道工序。球友娓娓讲述着每台机器、每道工序的作用和要点。他告诉我，有些机器耗电量很大，一开机就不能停的，每天24小时都要运转，工人们也是三班倒。听得出，他对每台机器的性能特点及生产工艺是比较熟悉的。看似一个简单的产品，其背后都蕴涵着人类的智慧和光芒，也凝聚了工人们的辛劳和汗水！

参观之余，又谈起了一些打篮球的事："皮不传"仍在我行我素，"马不里"依然牛气十足，"隔壁老王"还是沉稳有加，"牛不防"依旧情绪不稳，"球不霸"却是面貌一新！又说，"明人不说暗话"已深入人心，却也余毒难消！还讲道，"神投"近来寝食不安，分宜打球一个不进，龙跃球赛连续六场只得三分，哀叹"一世英名毁于一旦！"又有人发表议论，每个人的性格决定了球场上的表现，正所谓球如其人。我只听说过字如其人，球如其人就留给北湖球场的实践去检验吧！还有人提议，要去南昌看CBA，看来人们对美好生活有诸多的向往！

我在突发奇想，该公司如此生动而又富含精神的场景，如果能让孩子们多看看该多好！让社会各个阶层多了解、多认知该多好！或多或少会对我们的灵魂有所触动！

我们要尊重企业！尊重劳动！

宜春篮球赛

——《球趣》续八

　　在宜春举办的"赣湘鄂边区机关干部篮球邀请赛"，2019年是第二届了。首届于2018年9月在宜春举办，当时有6支队伍，新余队得了第三名，还得了一块奖牌；今年增加到12支队伍，6支市级队，6支县级队，我们提出"保四争三"的目标，"保四"的目标实现了，"争三"却留下了一点遗憾！

　　通过篮球赛倡导全民健身，继而推动篮球事业的发展。我们理解和赞赏举办者的初衷，并为此积极地参加和认真地备战。依稀记得，首届比赛，我是从外地出差赶回宜春参赛的，当时被告知，每场比赛必须有厅级和县级干部上场，而我则是主力队员。我很少参加正规的篮球比赛，甚至都可以说从没参加过正式比赛，此刻却肩负如此重任，能成为主力队员，有些战战兢兢，却又觉得"身价倍增"。首届比赛常为队员的身份问题而争吵不休，尽管如此，大家还是表现出了机关干部良好的素养，比赛取得了圆满成功！

今年的比赛秩序则好多了，队员身份提前认定，厅级、县级手腕上戴着标记，让人一目了然。吸取教训、总结经验、不断完善，实践是最好的老师！

几天的球赛让队员们球技上得以提高，精神上得到愉悦，情感上倍感温馨！

我常为带队领导无微不至的关心和鼓励而感动！也为队友们的团队意识、拼搏精神及综合素质很高而欣慰！更赞叹赛场上队友们生龙活虎、矫健如飞的身姿！当然，也会为赛场五花八门的趣事而窃笑！

长沙队A君在球场上慢慢悠悠、若无其事，与咸宁队一开赛他就进了个3分球，还很轻松的样子。"这是实力，还是偶然？"队友们议论着。"应该是偶然"，"勇哥"以他专业"球星"的角度分析道。可是，后来A君又轻而易举地连进两个3分球，"勇哥"只好承认看走眼了。A君有些傲视

"群雄"，不以为然的模样，他特别不服裁判，只要裁判一吹他的队友犯规，他就要上前理论一番，让裁判尴尬不已。有人说A君酷似"球霸"，也有人在百度搜索，说A君一直处于优势地位。又据说，他只要在哪个单位，哪个单位打球就拿第一名，其中奥妙不言而喻！在与我们比赛的前一刻，有人"怂恿"我去与他"套近乎"，在球场的某个角落里我们相谈甚欢，我赞美他的3分球投得准，尤其称赞他综合素质很高！并特别强调这是"明人不说暗话！"他笑了，笑得很舒心、很灿烂。后来，我们相互留了电话，成了朋友！

宜春队B君酷爱篮球，是他的积极倡导和组织，使球赛得以顺利进行。他既有3分球，还能突破上篮，每次都是得分主力。尤其让人敬佩的是他可以连打3节，甚至4节，其体力之充沛可想而知。在与我们的那场比赛中，队友们"毫不留情"，连盖B君七八个帽，B君仍是不折不挠、毫不气馁，"屡盖屡投"，仍然得了高分，并取得了胜利。我们要努力并深刻学习B君的精神！

在看球之余，大家又发表了诸多见解。"长沙队的16号打得好！""萍乡队的15号突破能力强！""宜春队的14号综合素质高！"等等。

C君在球场一直保持平稳的情绪、不急不躁，基本功也扎实，更兼其"高贵"的身份并充沛的体力，为球队的胜利立下了汗马功劳！也赢得了队友们的尊重。据说，他每个星期都要打两三场球，学生时代还是校队的运动员，并是跳高冠军，在他的手机里至今保留着那张令人骄傲的跳高比赛的照片！最后一场球赛，他要去出差了，但还是打了两节，似乎仍有些依依不舍！队友们都说，如果C君投球的幅度再大一些，将会取得更大的成就。C君可以，也应该成为我们的榜样！

沉着冷静、闲庭信步，加上传球时的假动作，他的这个特质得到了大多数队友的认同，D君自己也不置可否，认为我们观察得细致入微！

"勇哥"一直在琢磨用"皮不传"取名的方法，搜肠刮肚地想给肖君取个外号。"叫他'肖不稳'或者'肖不进'如何？""这个外号既没有趣味性，也不能完整刻画他的全貌。"我回答道。艺术来源于生活，还要在实践中去不断地总结和摸索。肖君身材谈不上高大，甚至有些瘦小，但他动作敏捷，运球平稳，控球能力极强，偶尔还有"不稳"的3分球。让人记住并留下深刻印象的是，肖君醉酒后的"天真"和"甜言蜜语"！

"大牛"身材魁梧，球技颇佳，在球场上步履蹒跚、不慌不忙、不紧不慢，有人说他像一头"懒牛"。我倒觉得他有大牌球星的风范，或者是有些"球痞子"的味道，大家以为呢？得知他的膝盖曾经受伤，队友们又深表理解。

"小勇哥"身材矮小，但他疾步如飞、运球稳定、冲抢积极、勇猛无比，偶尔还有3分球，是一个难得的好后卫。

有人说他是"张三疯"，猜想应该是说他疯跑、疯抢、疯投吧！我觉得要肯定和赞美的，是他温和的性格，以及待人礼貌的品性。

"小奕哥"一直默默无闻，脸上总是面带着微笑。在球场上他动作文明，灵活性十足，跑位能力极强，为球队争得了不少分。在他微笑表情的背后，我们可以体会到他极好的修养！

"平平"在与萍乡队的比赛中发挥出色，抢了不少篮板球，还投了不少3分球。但他不张扬、不骄傲！也没有眉飞色舞地炫耀自己的成绩。这是值得我们学习的。

"云君"体格强壮，在球场运筹帷幄，"横冲直撞"如入无人之境，显示了他厚实的篮球功底。

球友们身上都有闪光点，综合素质都很高！

篮球给了我们愉悦！给了我们健康！也给了我们精神！

战略上藐视对手，战术上重视对手！胜则骄一点，败则

不要馁！文明其精神，野蛮其体魄！是宜春篮球赛带给我们的收获！

向球友们学习！祝球友们愉快！

取外号

——《球趣》续九

北湖球场许多人都有外号了，"皮不传""牛不防""球霸""神投""BY""马不里""老王八""小飞侠""隔壁老王""德高望重""综合素质高""靠嘴巴吃饭"等等。新近又在流行"枸杞子""粘不得""歪头奋脑"等。

用诙谐的词汇，形象而又逼真地反映一个人的形体特征或语言特征，这是外号来源的基础。而球场上球友的外号，则大多是根据其在球场上的表现而取的。

有些外号顾名思义就知道它的意思，比如"皮不传"就是不传球，"牛不防"就是不防守，"神投"就是投球命中率高等等。"德高望重"就是说这个人品德高尚，在大家心目中有威望，这样的外号很好，也多多益善，对人有激励和鼓动性，君不见在球场上只要一说到"德高望重"，S君、W君就脉脉含笑、羞而不答，积极性高涨乎？

有些外号则牵强附会，比如A君姓王，你叫人家"老王"就是了，偏偏有人要加一个"八"字，成了"老王八"，有时还叫人家"隔壁老王"；B君开的车有"BY"字母，就给人家取外号"BY"等等，让人哭笑不得。再比如"靠嘴巴吃饭"，无非是人家在球场上为了"公平正义"，多说了几句话，"啊保"就给人家安一个"靠嘴巴吃饭"的外号，听了很不是滋味；但细细想来，嘴巴的作用一是吃饭、二是说话，人不靠嘴巴吃饭，难道还靠其他？"啊保"无意中道出了一个真理！

有些外号则更冤枉，C君在球场上无意中讲述了发生在办公室里的一件事：他的一个同事上班时泡枸杞喝，被巡查人员发现，疑似"奢靡之风"，让不少人起了争论。如此，就有人给C君取"枸杞子"外号，实在是有些冤枉，特别是"BY"每天早上叫"枸杞子"叫得最响亮、最自然，让人无可奈何！

又如"粘不得"，取外号者既巧妙地运用了姓氏的谐音，又道出了他心中的感受。"粘不得"喜欢打内线，又喜欢突破上篮，人们形象地称之为"骑马射箭"。"粘不得"很幽默也很朝气，更有毅力，他以非凡的勇气把抽了几十年的烟给戒了，真不简单。几个月后，听说他只抽细烟了，又听说他只是在喝酒后才"玩"几根，再后来又听说打完球劳累后也会"玩一玩"，闲来无事也会"玩一玩"，与朋友聊天没办法也会"玩"几根，又据说，"粘不得"睡着了以后是不"玩"的，祝贺"粘不得"戒烟取得"阶段性成果"！

给他人取外号，会给球场带来一些乐趣，也可以拉近相互间的距离。但有些外号则不能乱取，否则会使人家尴尬，甚至不愉快，要把握好时间、地点和气氛。

中华传统文化博大精深，取其精华、去其糟粕，合理地把握、恰当地运用，并赋予其时代的烙印，这对于感染人、教育人、启迪人是有益处的。

祝球友们进步！

"在这里"

——《球趣》续十

一场篮球赛让整个新余城沸腾了。大街小巷、男男女女、老老少少都在谈论和期盼着。于是乎，电话满天飞，到处找人联系，大家为能有一张票而感到荣光和骄傲。

开赛前的几天里，人们见面谈论最多的话题就是这场球赛："弄到票了吗？""搞到了几张票呀？""帮我弄一张票吧？"手里有票者很是轻松自如，面带微笑，有时还高谈阔论，谈些篮球和球友的新鲜事，说话的嗓门很大。还没票者则显得有些焦急并沮丧，嘴里自言自语："我还没有票哟！"遇到熟人或朋友他抓住机会就问："有票吗？"语言很是诚恳和低调。

"我只有一张票哟！这票太难弄了。"

"我票是有两张哟！但要带我儿子去看，我老婆想去，也还不够呢。"

不少人则不失时机地展示他辉煌的战果，李君爽快地说："我弄了4张票，卖了好大的面子呀！"

姚君则轻言细语缓缓地讲："我搞是搞了6张票哟，A朋友给了我2张，B兄弟给了我1张，C局长给了我3张。"随即他又露出无可奈何的神色："没办法，弄这么多票都还不够分哟！"

又有人说起票的座号，"哎呀，你这个票好，是主席台的耶，980元一张。""真的呀！我还没仔细看耶，这是我兄弟弄的。"王君平淡地回答，却还是难掩自豪的神色。

"哦！你这个票一般，才150元一张，视角不好。""管他呢！能进去看就可以。"周君似乎不以为然。

27日晚上的体育馆人头攒动、热闹非凡，馆内座无虚席、人声鼎沸，人们翘首相盼着黑山队与波兰队的比赛。或是因为篮球爱好，或是因为外来球员，或是因为感到新鲜，人们表现出了极大的热情。比赛并没有我们想象的那样精彩，争抢不激烈，运球不快，命中率不高，整场比赛让人们觉得松松垮垮、懒懒散散，观众大失所望。

我座位后面有人在接打电话，可能是场内比较吵闹的缘

故，他的声音特别的洪亮：

"喂！兄弟你来看球赛了吗？"

"来啦！"

"你坐哪里呀？"

"我坐在南区。"

"你怎么坐在南区呀？南区不好看吧！"

"是哟！你坐哪里呀？"

"我坐在东区，主席台呀！你朝主席台这边看，我就在这里！"

听着他自信而又爽朗的声音，我回头张望，只见他一手拿着电话，另一只手在不停地招呼："看到了吗？看到了吗？""在这里，在这里！""要我给你送两瓶水去吗？"

那神态至今让人记忆犹新！

看来，人们对美好生活有诸多无穷无尽的向往！

党校打球

——《球趣》续十一

终于按捺不住，我又上场打球了。医生曾说："你的膝盖磨损严重，不能再打球了。"人总是在矛盾中生活，球场的乐趣和魅力一直诱惑着我，来党校学习一个多月已经打了七八次球了，还打了两场比赛。我在这里结识了不少球友，丰富了篮球精神，还积累了一些《球趣》的素材。

记得第一次到党校球场，只有零零散散的几个人，大家来自五湖四海互不相识。W君一脸和善热情地招呼大家，并不时给大家灌输篮球理论和体育精神："要先热身！""慢一点、不要太猛，避免受伤。""我们打球主要是为了出汗，锻炼身体！"在球场上，他还会经常提醒球友们注意安全，并不时地关注球场上的全局。第一次接触，W君便给我留下了深刻的印象，也使我想起了新余球场上的"德高望重"者，后来我在微信里称赞他有"德高望重"的雏形，他不置可否。W君有诸多体育爱好，尤其喜欢打羽毛球。有时他人在篮球场，却心不在焉，不时向羽毛球场方向张望，有几次他克制不住就干脆跑到羽毛球场，把众多的篮球球友丢下不管，美其名曰"先热身"，其实，球友们心知肚明W君的兴趣和爱好！

　　Z君个头不高，但球技颇佳，他体态强健，步伐稳定，运球流畅。Z君在场上不快不慢，不急不躁，沉着冷静，有如闲庭信步一般。Z君的3分球投得很准，但前提是不能有人干扰，让他轻松自如有足够的时间和空间瞄准！我们理解并能领会Z君的这个特质。Z君长期处于优势地位，经常和球友们打球，并深得他们的尊重和爱戴。球场上球友们拿到球都是先"送"给他投，并为他挡拆，关键时刻Z君的对手也会"挺身而出"为他"挡拆"，久而久之让Z君形成了这个固有的特性。任何表象的出现都有它背后深层次的原因，Z君笑而不答，默认了我们的分析！

　　WQ君体格强壮、勇猛无比，又仗着年轻在球场上横冲直撞、无人能敌，尤其在复杂环境下的突破让球友们佩服，WQ君有时还把整队的进球全包了，让人羡慕不已。然而，S君有时是他的克星，常给他制造麻烦和不快。S君有身高优势，冲抢篮板积极，防守认真，尤其记双方的得分记得很清楚；S君浑身柔软，却拿球不稳、运球不畅、投球不准，有时抢到篮板，常被WQ君从手中抢走；但S君在球场上是认真、尽力而又负责的，他是唯一能和WQ君对抗的球友，如果WQ君三步跨篮没进球，时常"责怪"S君犯规，场上又没有裁判，常常是不了了之。

　　被球友们称为"团长"的球友，经常是穿着长衣长裤来球场，让人觉得他不是来打篮球的。他身材纤瘦，很灵活，一拿到球就是一个假动作，并往里突，有时进球还不少，但我总觉得他的那个假动作有一点"走步"嫌疑，大家觉得呢？如果说得不对，就当耳边风吧！L君一副先生模样，冷冷静静、慢慢吞吞，他既不跑，也不突、更不抢，似乎球场胜负与他无关，不过他偶尔会在三秒区外围"指指点点""鼓劲提醒"，显示出他"把控全局""运筹帷幄"的"雄才大略"。

　　R君身材矮小、体态敦实，按常理他是不具备打篮球的条件的，但他身子灵活、步伐快捷，双手投篮较准，有时还有三分球，在球场上显示出较好的优势。在县处班与市厅班的比赛中，他表现尤为突出，越战越勇，尤其篮下的一个"勾投"并球进了，引来球场外同学观众的一片喝彩声，特别是女同学的呐喊加油声！此刻的R君含而不笑，昂着首、挺着胸、摆着手，迈着更为坚定的步伐行走在球场，那神态、那姿势至今让大家难以忘怀。L君前一段时间一直是内敛、默默无闻的，但是在那次与市厅班的比赛中，他超常发挥，既抢篮板又三步上篮，还得了不少分，让人百思不得其解。当整个球场传来"L君，加油""L君，加油"那"悦耳动听"又让人亢奋的叫喊声时，我们才如梦初醒又恍然大悟：L君的"表现"恰逢其时。

也有人对县处班与市厅班的那场比赛展开了分析，认为那是一场精彩的比赛，也是一场激烈的比赛，还是一场有意义的比赛。年龄的差异自不必说，市厅班尽管个人综合素质高，但配合不够，每个球友拿到球就投，造成失球，则是大家共同的看法。好在市厅班的X君及时出现，从战略战术上进行调整并亲自上场，在后面的几节比赛中赢得了主动，并弥补了一些分差。有人说，这也难怪，市厅班的球友们第一次组合，彼此并不知相互的特点；再说，他们平常都是别

人"送球"，此刻要他传球，自然是"痴心妄想"。还有人说，场外的啦啦队起了重要的作用。

党校打球是有意义的，它丰富了我们学习之余的生活；党校打球也是愉悦的，它增进了同学之间的交流和友谊；党校打球也是有收获的，它强健了我们的体魄，滋养了我们的精神！

"裁判不会吹"

——《球趣》续十二

我思考了许久，这其实是个伪命题。

汝非裁判，怎么知道裁判不会吹呢？退一步讲，面对同一情况，甲裁判不吹，乙裁判会不会吹呢？NBA不吹，CBA会不会吹呢？体育馆比赛不吹，北湖球场比赛会不会吹呢？这永远是个争论的话题，君不见正式比赛场上经常会出现球员与裁判、教练与裁判争论不休的画面吗？"球星"们也经常会发表高论：A裁判吹得紧，B裁判吹得松，C裁判吹错了等等，篮球的乐趣也正在于此。再退一步讲，同一裁判他也会受情感、视角及心情的影响，今天不吹，或许他明天会吹；这场球不吹，或许下一场球会吹；对你不吹，对他也许就会吹等等，更何况现实生活中还有"黑哨"呢！

有人经常说"裁判不会吹"，有时还加重语气并音调拖得很长："这样的球——，裁判是不——会——吹的！"是指哪个裁判呢？什么地方、什么样的裁判呢？很显然并没有答案。

"皮不传"说，《球趣》的下一个题目都给取好了：《球场秩序有点乱》。"皮不传"成天在球场嘻嘻哈哈、摇摇摆摆、潇潇洒洒，近来又创造出了"兰花指"，让人忍俊不禁。我欣赏并理解"皮不传""忧国忧民"的情怀，但我同时又认为，"乱"就乱一点呗，不破不立，只有"乱"才能达到"治"的目的，多一点争论有时不是坏事，真理越辩越明嘛！"裁判不会吹"这句"经典"，长期以来一直禁锢着球场，我们不也从辩论中找到了答案吗？只要我们始终牢记"德高望重"者的教导，"打球就是为了出汗、为了健身！"一切"乱"的问题都会烟消云散、迎刃而解！

对于明显的犯规动作，球友们还是有一致看法的，即使有一点争论，但很快也能达成共识，这是我们北湖球场的优良传统。对于争论比较大的问题，球友们可以畅所欲言、各抒己见，最后由"德高望重"者裁决，或由打球历史悠久见过"大世面"的"球星"给出答案。我不赞成甚至反对"裁判不会吹""这样的球裁判一定会吹"的"经典"。我们相信裁判的专业水平和公正的裁判能力，但裁判远在天边，我们又没有留存录像，凭什么来评判裁判呢？说到底"裁判不会吹"是你自己的主观臆断，其实就是你个人的意见，你直接说自己的意见就足够了，为什么一定要把"裁判"抬出来呢？你是想用"裁判"来压制大家，从而强化你个人的意见；何况你说的那个"裁判"也不一定就是圣贤，就算是圣贤也会有偏差，北湖球场有许许多多经验丰富、精于球理的"球星"，不必舍近求远。

我们要相信裁判、尊重裁判，但又不能盲从裁判、迷信裁判。北湖球场的"球星"们个个都是裁判"，人人都公正。

请"皮不传"放心，从明天开始，北湖球场秩序将呈现出崭新的气象！

祝球友们愉快！

进一步增强球队的凝聚力与和谐度

——《球趣》续十三

我们来自四面八方，为了篮球这个共同的爱好，走到一起来了。篮球，我们今后还要继续打下去，直到打不动为止。因为我们坚信这是一项有利于健康的活动，也是一项有意义的活动。

在长期的打篮球实践中，我们已经形成了一个团体，而且这个团体的队伍还在不断扩大。这个团体是自然形成的，没有高低贵贱之分，没有领导与被领导的关系，也没有明确的组织纪律约束，更没有裁判来为我们公正裁决。"自我管理、自我约束、自我协调、自我完善"是我们所必须面对的现实，也是这个团体里的每一位球友所必须明白的道理。

　　球友们都有自己的特点，都有自己的看法，也都有自己的性格和脾气。打篮球是集体活动，大家聚在一起难免会有些接触、碰撞，继而产生争论和矛盾。我们要学会克制自己、包容他人，要学会和颜悦色、轻言细语，要学会从容淡定、输赢自如。比如你碰伤了人家，说声"对不起"就行，不要死不认账、相互指责，激怒对方；你犯规了，赶快举手承认，不要百般狡辩、固执己见，激化矛盾；你绊倒了人家，马上伸手去扶，不要冷酷无情、熟视无睹，令他人不快等等。

　　球队的球友球技有别、水平不一。有健步如飞的，有"神投手"，有会"飘移"并见过"大世面"的，有"擦板王"，有假动作骗人的等等；当然，也有不少像我这样半路出家、基本功差，动作迟缓"歪头耷脑"的。我们要承认这样的差异，更要包容这样的差异，强者没有必要沾沾自喜、盛气凌人，弱者也没必要灰心丧气、无精打采！好与差、强与弱只是相对而言，好的还有更好的，强的还有更强的，从某种意义上说，我们还要感谢这些"弱者"，是他们的衬托，才让我们呈现出"强者"的光芒。我们要在篮球"分边"时，正视这样的现实，好的带着差的，强的带着弱的，以达到球场上的平衡。

我们要在球队营造互相关心、互相尊重、文明礼貌的良好氛围，我们也要致敬那些为了球队打球而辛勤付出、任劳任怨的人们。敏哥的温文尔雅、不争不吵的精神风貌是我们要学习的；球场工作人员每天为球场开门、锁门，扫地、拖地，开灯、关灯，其默默付出、辛勤劳动的作风是我们要记住并表扬的；成天嘻嘻哈哈、得失自如、输赢淡定，给球场带来欢乐的精神境界是我们要提倡的；时刻反省自己、完善自己，有错就改、有话就说，敢于直言的性格是值得我们赞赏的。

我们又要敢于并善于克服、制止球场上的不良风气。"皮不传"不传球的习惯近来稍有改观，但他成天摇摇摆摆、手舞足蹈，他的队友一拿到球，他就伸手"诶、诶"叫个不停，传球给他又接不住，常引来"师傅"和队友们的"严厉"批评。我们反对个人英雄主义，任何个人的力量都是有限的，只有集体力量才是无穷的，这个不行，那个也不对，剩下你一个人是打不了球的。也有近期新进的球友，完全不了解这个球队"老年人"居多的现实，仗着自己既年轻又身体强壮，横冲直撞，动作幅度很大，这样是非常危险的，也有违我们"强身健体"这个初衷。

"教授"打球不多，但他每次来都会成为球场的热点人物，尽管他理论知识丰富，却又很难说服他人，或者从来都没有说服过任何人，每次争论往往以失败告终；但有一次，他无意中道出了一个"真理"："你们今天这个不要我，明天那个不要我，到哪天你们只有9个人的时候，叫我上场我都不打，看你们怎么办？"我一直记住了这句话，并认识到任何人的作用都不能忽视，我们要团结一切可以团结的力量。

S君话语幽默，运筹帷幄又善协调配合，常能把控球队局面。有一次，他带领的球队出奇制胜，兴奋不已，于是他脱口而出："看看，只要和我一边，'蠢子'都变成了球星！"他以此来"表扬"他的队友。初听这话觉得有些不妥，但细细品味，又觉得他道出了队友间相互配合的重要性，只要配合默契，任何人的潜能都会得到充分发挥。

"友谊第一，比赛第二"，我们要牢记我们打篮球的初衷。在长期的打篮球活动中，球友们结下了深厚的友谊，有些情谊还成了人们茶余饭后津津乐道的佳话，我们要十分珍惜这样的友谊，并努力使之持久下去。